[의 : 새] 1 물질적 가치에 비중을 크게 두어 그것만을 추구하며 자신만의 전문적인 수법을 익혀 합법적 테두리 안에서 매우 영악하고 교묘하게 불법 행위를 시도하여 막대한 부를 쌓는 유사 지능범을 총칭함으로써
타인 또는 대중을 현혹하기 위해 외부적인 시각적 요소에 특히 민감하여 신뢰감은 높이고 경계심은 낮추려 하얀 가운 또는 정장 또는 알록달록한 색동옷 등으로 꾸며진 화려함을 극대화한 의상을 주로 착용하는 것이 특징이다
보통 자기 분야에서 활동하나 언변 자금 학벌 인맥 등 2차적인 조건이 충족되는 소수는 직접 정치계까지 진출하여 폭넓은 행보도 마다하지 않는다
이 경우, 신변 노출을 꺼릴 시 은둔하며 특정 정당 정치인을 지지하거나 휘두르며 또는 특정 단체에 속해 간접적으로 정치에 관여하여 악착같이 이익을 찾는 집요함마저 엿보인다
2 의료 행위를 하는 새

의새로움 구린내를 교묘히 감추고 당당하고 떳떳하게 타인과 대중을 속이거나 현혹하는 모습 또는 그런 자세
→박땡땡이 얼굴마담을 앞세워 디스코를 추며 의새롭게 하늘 높이 손가락을 세워 팔을 뻗는다

의새스러움 외모나 말 행동 또는 무언가로 화려하게 겉을 꾸미지만 은연중에 풍기는 알 수 없는 구린내
유) 양스러움 새스러움

의새랜드 (the land of medical bird)
갑의 위치가 불변하길 바라며 네버랜드를 꿈꾸는 의새들이 장악한 속은 썩어 문드러졌지만 겉은 화려하게 죽어가는 을씨년스러운 죽음의 땅

우린 너를 치료해 주려는 것뿐이야
악의 같은 건 없어,
우리와 함께 해
그래서 다 같이 이 적폐를 없애자

아냐, 나를 이용하려는 거야
날 아프게 할 거야
전부 거짓일 거야
끄흑,

어 맞아, 너 뒤지라는 거야 너
병신 되라고 너!!
몰랐어?? 몰랐다면 대가를 받아라!!
아니면 우릴 그냥 피 빨아먹고 살게 놔둬!!

전부 사직시켜!! 씨팔새끼들!!
개새끼들!!!!

내가 뭐랬어!! 내가 뭐랬냔 말야!!
깔깔깔깔깔!!

선전포고(宣戰布告)

개이득 개이득거리며 자신들의 이득은 칼같이 계산하고
눈곱만큼이라도 어떻게 하면 더 빨아먹을까 혈안이 되어
교묘하게 낚시질이나 하지만
정작 세상은 풍족해지긴커녕 오히려 그러면 그럴수록
3포 5포 7포 9포를 넘어 꿈과 희망마저 사라진 세상
개이득만 존재하고 유익함은 사라진 세상
사회가 공존하기에 필요한 꿈 희망 유익함은 동화로 얻지만
동화 세상은 지나가는 개나 주어 씨가 마른 세상
모든 게 거꾸로 돌아가는 더러운 자본주의 세상
그 메마른 세상 속에 이 작품을 던지며
이 작품에서 어떠한 것도 얻지 못한다고 하더라도
한 번만 유익함에 대해 되새겨 보는 계기를 마련할 수 있다면
나를 쥐어짰던 창작의 시간이 헛되지만은 않을 것

그들이 마구 벗어던진 하얀 의사 가운을 모아 사각으로 고이 접었더니 하얀 종이가 되고 내려놓은 메스를 집었더니 펜이 되어 그 위에 검은 글씨를 써 내려간다
피가 진득이 묻은 한 벌로는 겉을 감쌌더니 책이 됐다
그리고 이 책을 세상에 다시 던진다
의새의, 의새에 의한, 의새를 위한
그리고 악마를 위한

은퇴해라!!
사회를 좀먹는 의새들아!!

비둘기 퇴치보다 더 시급한 초 유해조수
의새 퇴치 시급!!

2024 그 병신같은 이야기

현실은 동화로, 동화는 현실로,

의새 출몰 방지 특수 목적 교육용 전 연령 동화

잔혹한 의새

-크크크크, 멍청한 놈,
하얀 의료 가운을 입은 작고 하얀 새 한 마리가 숲속 나무 위에서 드러누워 쉬다 땅바닥에서 흙을 파는 다람쥐를 보자 재밌다는 듯이 비웃는다
자신이 숨긴 먹이를 자신이 못 찾는 다람쥐가 실로 한심해 보였기 때문이다
잠깐? 생각해 봐,
녀석이 숨긴 먹이를 내가 꺼내 주우면 금방 부자가 될 수도 있잖아?
왜 이 생각을 못 했지?
다람쥐가 먹이를 숨기고 떠나자 곧장 나무에서 내려와 흙을 헤집더니 안에 든 먹이를 집는다
낼름
조금도 망설임 없이 먹어 치운 의새는 일말의 가책은커녕 이 상황이 재밌기까지 했다

그 뒤로, 다람쥐만 쫓아다니며 먹이를 약탈했고 이걸 숲의 동물들에게 팔아치우며 금세 부자가 됐다
하지만 이 모습을 지켜본 다른 동물들이 이 숲의 왕 사자에게 일러바쳤다
사자는 즉시 여러 동물과 의새를 불러 모았다
-너 다람쥐 먹이를 강탈한다며?
넌 날강도와도 마찬가지야
너의 숲속 생활을 지금부터 정지시킬 거야
이 숲에서 꺼져!

숲속 한켠에 높은 떡갈나무 한 그루가 있다
그곳 꼭대기엔 많은 동물이 현답을 기대하며 찾는 연로한 장로 부

엉이가 목조에서 거주 중이다
백발 눈썹이 늘어져 있고 하얀 두루마기를 입은 장로가 의자에 앉아 무거운 몸을 기대고 있다
의새가 그를 찾았다
-장로님, 사자의 추방 명령을 취소시켜 주세요
 그에게는 그럴 권한이 없어요
 여기가 북쪽 숲인가요?
 그가 독재하고 있어요!
장로가 대답했다
-자네가 약탈을 일삼았다더군
 안타깝지만 나는 그럴 수 없어
 지금부터라도 실수하지 말게
의새는 별수 없이 뒤돌아갔다

커다란 바위에 앉아 있는 의새가 막 자신의 보금자리를 떠나려는 중 어미 사슴이 아주 작은 아기 사슴을 데리고 왔다
아기 사슴이 다리 한쪽을 절뚝이고 있다
-의새야 우리 아기 다리를 다쳤어
 지금 치료해 줄 수 있을까?
-안돼, 난 이제 그런 거 안 해
-지금 뛰기는커녕 똑바로 걷지도 못해
 꼭 좀 봐줬으면 좋겠어
-안된다고, 안 하니까!
-너도 알겠지만 짐승 때문에 아기가 위험해
 이대로면 들판은커녕 숲속도 불안하거든
-그러니까 네 새끼는 네가 알아서 하라고!!
 그러잖아도 짜증 나는데 왜 자꾸 귀찮게 해!!
아기 사슴은 아무것도 모르고 커다란 눈만 깜빡인다

그날 밤
숲속 중턱에 모녀 사슴이 아담한 풀숲에 잠들어 있다
어둠 속에 아기 사슴을 노리는 음흉한 눈빛들이 숨죽인 채 움츠려 숨어있다
잔뜩 피에 굶주린 떠돌이 회색 늑대들의 감은 정확했다
늑대 셋이 동시에 아기 사슴을 향해 뛰자 사슴들이 퍼뜩 정신이 들며 늑대들을 보자마자 도망친다
아기 사슴이 아픈 줄도 모르고 비탈 아래로 급하게 뛰어가다 얼마 못 가 다친 다리가 꺾이며 고꾸라져 굴러 넘어진다
늑대들이 일순간에 아기 사슴을 덮친다
멀리 어미 사슴이 도망가다 말고 뒤돌아서 아기 사슴을 본다
아기 사슴이 엄마를 마주 본다
늑대가 아기 사슴의 목을 힘주어 꽉 물자 아기 사슴의 표정이 고통스럽게 변한다
어미 사슴이 안절부절못하고 있다
늑대가 아기 사슴의 목을 아예 꺾어버리자 아기 사슴의 눈빛에 생기가 순식간에 사라진다
그걸 본 어미 사슴이 몸을 돌려 황급히 도망친다

개새끼!
의새는 사자에 대한 증오심이 생겼다
지가 대가리면 대가리지
나보다 머리도 모자란 새끼가 힘만 세다고 왕 노릇하고 있어
그렇게 숲에서 쫓겨나와 한탄하며 무작정 걷고 있는데 눈앞에 꽃밭이 나타났다
꽃밭에는 벌새들이 날갯짓하며 꿀을 빨아 먹었다
이 모습을 본 의새는 자신도 한번 해볼까 하고 벌새를 따라 하며

꽃 앞에서 쉬지 않고 날며 꿀을 빨아 먹으려고 애썼다
하지만 좀처럼 안 되는데 벌새처럼 빠르게 날지 못하니 꽃 속에 부리를 고정조차 못 한 채 몸이 이리저리 흔들렸다
그러다 안 되겠는지 아예 꽃대 위에 올라타서 거슬리는 꽃잎은 물어 찢곤 그대로 꽃 속에 부리를 박고 쭉쭉 빨아댔다

쫓겨나고 배고픈 의새는 여기저기 날아다니며 닥치는 대로 짓누르고 꿀을 빨았다
그럴 때마다 꽃잎이 갈기갈기 찢기며 흩날렸다
그렇게 잔뜩 배가 부어오르면 꽃밭 아무 곳에서나 발라당 드러누워 쉬기를 반복했다

꿀은 달콤했고 꽃내음은 시큼하니 향기로웠다
꽃밭 생활이 더없이 마음에 들었다
뒹굴뒹굴하다 문득 숲속이 떠올랐다
빌어먹을 사자 놈, 네가 다 가지고 살아,
난 이제 숲속 생활을 관둘 거야

그런 어느 날
참다못한 꽃이 의새에게 말했다
-숲에서 약탈하다 걸렸다며?
잡범이라고 소문났던데?
여기서도 정신 못 차리고 그 개같은 습관 못 버려서 우릴 찢어가면서까지 꿀을 빨아?
너에게 줄 꿀 같은 건 없어!
그렇게 모든 꽃이 꽃봉오리를 닫았다

젠장

의새는 또 초라하게 떠돌았다
그러자 이번엔 강가에 악어와 악어새가 보였다
악어는 입을 벌리고 악어새가 그 속에서 이빨에 낀 찌꺼기를 집어 먹고 있었다
그런 악어새가 부러웠는지 악어를 찾아갔다
-이봐 악어야, 내가 의샌데 너의 이빨을 고쳐줄 테니 나도 너의 입으로 들어갈 수 있을까?
자신을 치료해 준다는 말에 악어가 허락했다
그렇게 악어새 옆에서 찌꺼기를 먹기 시작했다
입안의 한쪽은 의새가 다른 한쪽은 악어새가 나누어 먹었다
그냥 가만히 주워 먹기만 하면 되는 생활이 의새에겐 꽤 좋지 않을 수 없었다
이것 봐, 숲속 생활은 필요 없다니까,
더 좋은 곳들이 있어!

그런 어느 날
평소처럼 악어의 입속에서 먹이를 먹는데 어디선가 악어새 한 마리가 악어의 앞니로 날아왔다
옆에 있는 악어새는 아무렇지 않아 보였는데 의새에겐 이게 꽤 신경이 쓰였다
저 녀석은 뭔데 남의 자리에 끼는 거야?
하지만 배고픈 생활이 떠오르자 말썽을 일으키지 않으려 애써 참았다

또 며칠이 지났다
어디선가 악어새 한 마리가 또 날아왔다
이젠 악어새가 모두 세 마리가 됐다
그렇게 자리가 밀리며 한 마리가 의새 있는 쪽으로 살짝 넘어왔다

의새는 기분이 상당히 안 좋아졌다
그런데 악어새들은 여전히 평온했다
그 모습이 신경질이 나기 시작한 의새를 더욱 약 오르게 했다

의새는 결국 폭발했다
악어새들을 향한 거친 욕설이 쉴 새 없이 쏟아졌다
-꺼져 이 새끼들아!!
어디 남의 자리를 넘보는 거야!!
정신 차리고 살아!!
다 꺼져버려!!
악어새들은 저주를 퍼붓는 의새를 피해 황급히 달아났다

됐다, 개같은 것들
이제야 한숨 돌린 의새는 다시 여유 있게 먹이를 먹었다
그러다 문득 이런 생각이 들었는데
잠시만, 저것들이 다시 오면 내 자리를 또 뺏길지 몰라
그렇다면 차라리 모든 걸 먹어 치우자
뒤틀린 심보는 부리에 닿는 대로 사정없이 물고 쪼고 갉아댔다
먹이는 물론, 악어의 이빨마저 갈렸다

그렇게 며칠이 지나자 악어는 이상했다
이빨이 갈수록 아파졌기 때문이다
이 모든 게 의새의 소행이라 여기고 분을 참지 못했다
-씨발놈!
생쥐만 한 새끼가 개수작질을 해?
너 같은 건 먹어도 재수 없어
내 영역에서 당장 꺼져!

씨발,
의새는 완전히 의기소침해져서 터벅터벅 걸었다
그렇게 정처 없이 걷다가 갈대밭을 지나는데 작은 둥지 하나가 보였다
그 안에서 아기 뻐꾸기가 어미가 물어오는 먹이를 받아먹고 있다
찾았다!

의새는 둥지 위로 올라가 아기 뻐꾸기를 흉내 냈다
어미가 먹이를 물어오면 똑같이 입을 크게 벌리고 넙죽 받아먹었다
그야말로 아무것도 안 하고 날로 먹는 것
의새가 그리던 모든 게 뻐꾸기 둥지 안에 있었고 어미 새는 천사처럼 보이기까지 했다

의새는 생각했다
아기 뻐꾸기가 없다면 자신이 어미 새의 먹이를 독차지할 것만 같았다
이 새끼를,, 제거할까?
하지만 또 이런 생각도 들었는데
내가 악어새들을 쫓아내고 나도 쫓겨났단 말이야?
역시 안 되겠어, 얌전히 있어야겠어,
나쁠 것 없잖아?
그렇게 의새와 아기 뻐꾸기가 같이 지냈다

쿵!!
뜬금없는 충격에 낮잠을 자고 있던 의새가 눈이 휘둥그레지며 깼는데 자신은 바닥에 찧어있고 둥지 위에서 자신을 비웃으며 노려보는 거대한 뻐꾸기 한 마리가 있었다

의새가 잠든 사이 아기 뻐꾸기가 밀어버렸던 것이다
안락한 생활 속에 나태해져 그동안 아기 뻐꾸기가 커가는 줄도 몰랐다
거대한 뻐꾸기를 보며 상대가 되지 않음을 직감한 의새는 다른 곳으로 날아갔다

의새는 화가 치밀어 올랐다
이 모든 게 자신을 쫓아낸 사자 때문이라고 여겼다
힘든 일도 더 이상 할 수 없었다
지금껏 타성에 젖은 생활로 고역한 일은 눈에도 안 찼다
이제 남은 방법은 한 가지밖에 없다는 것도 알았다

무려 만 마리 의새를 한자리에 불러 모았다
누런 들판이 의새들로 가득 찼다
그 사이로 의새가 높이 날아 얘기했다
-언제까지 우리는 사자 눈치를 봐야 해?
 우리보다 머리도 나쁜 놈한테
 치료는 해줘서 뭐 할 거야?
 오히려 우릴 억압하고 노예로 부려 먹기밖에 더 해?
 그 새끼를 죽여버리자!!
 이참에 왕을 갈아치워 버리자!!

의새들은 의견이 분분했지만 모두 뭉칠 수만 있다면 사자를 제압할 것도 같았다
숲의 새로운 왕이 된다는 기대감에 잔뜩 들떠 싸움을 결심했다
의새는 이 싸움의 대장을 맡았다
상징으로 몸에 빨간 천까지 둘렀다
내란이 시작됐다

늦은 오후
들판 한가운데서 사자와 의새들이 대치했다
이곳엔 바람조차 불지 않고 긴장만이 가득했다
-크르르르
자신을 향한 의새들의 도발에 기분이 상한 사자의 입에서 울음이 낮게 깔렸다
의새들은 싸움에 앞서 모두 하얀 가운을 벗어 던졌다
그 모습을 본 사자가 더는 참지 않고 의새들을 향해 달려갔다
그러자 의새들은 일제히 날아오르며 사자를 중심으로 비행하기 시작했다

광활한 들판을 하늘 높이 가득 메운 만 마리 의새에게 둘러싸이자 사자도 내심 두려웠다
의새들은 영리하게 정면공격을 피하고 사자의 등 뒤와 꼬리를 주로 공격했다
사자는 앞발로 허우적댔지만 그걸 맞는 의새는 없었다

수백 마리가 부리와 발로 날카로운 조약돌과 뾰족한 나뭇가지 모래 흙 등을 집어 들고 높이 날아 사자의 머리 위에서 떨어뜨렸고
수백 마리가 사자 주위를 돌며 신경을 거슬리게 했다
돌격 투석 도발 등 무리를 나누어 일사불란하게 전투했다
조금씩 사자에게 상처가 나고 피가 스며 나왔다

의새들은 집요하게도 사자의 상흔을 집중적으로 쪼았다
사자의 살점이 더욱 깊게 파이며 출혈이 생겼다
자신에게서 나온 피 냄새는 사자를 서서히 돌변시켰다
맹수의 피가 끓었다

사자는 자신을 향해 날아오는 의새들을 쳐내며 매섭게 반격했고 땅바닥으로 의새들이 나동그라졌다
그걸 보자 전체가 주춤하며 공격을 멈추고 마구잡이로 날았다
혼란에 빠진 집단에게 대장이 다급히 외쳤다
-저 새끼를 찢어 발가버려!!
우리 앞을 가로막는 모든 녀석에게 궤멸적인 타격의 고통을 주자!!
단일대오를 유지해!!
대장의 외침에 의새들은 다시금 전열을 가다듬었다

-투석!!
지휘에 맞춰 투사체가 공중에서 흩뿌려졌다
-돌진!!
이번엔 한 무리가 사자를 향해 달려들었다
사자의 몸 여기저기가 뜯겨나가고 앞발에 치인 의새들은 즉사하며 고꾸라졌다

전투는 격렬해졌다
사자의 입과 발엔 의새들의 피로 흥건했고 의새들의 부리와 몸엔 사자의 피가 번졌다
이젠 전투를 되돌릴 수 없었다
물러설 수도 없다
물러서는 건 곧 죽음을 의미했다
누가 이겨야 끝나는 싸움이 아니라 누가 죽어야 끝이 나는 살벌한 시나리오가 전개되고 있었다

사자는 극도의 흥분 상태가 됐다

자신에게 날아오는 의새들에게 거침없이 달려 나가며 발에 채는 대로 패대기를 쳤다
땅에 내동댕이쳐진 의새들을 발톱으로 모조리 긁어버리며 조각을 냈다
-저 새끼가 동료의 시체를 난도질하며 농락하고 있어!!
대장의 외침에 의새들은 분노가 치밀었다
의새들의 눈은 핏기가 올라 새빨개져 사자를 향해 끝도 없이 덤볐다
격노한 사자는 그 모든 걸 상대했다
서로 한 치조차 밀려나지 않으려 했다
피비린내 진동하는 난자한 혈투가 지속됐다

어느덧, 짙은 노을이 들판 전역에 졌다
끝없이 나타나는 의새에게 사자가 먼저 지쳤다
사자의 움직임이 서서히 둔화했다
가까스로 의새들을 막아내기 바빴다
그런 사자를 보며 의새들이 더욱 거세게 몰아붙였다
하늘에선 투사체가 비 오듯 쏟아졌다
땅에선 품을 파고들며 괴롭혔다
그 누구도 자신에게 이런 적이 없던 처음 겪는 상황에 사자는 공포심마저 생겼다
의새들에게 주눅이 들었다
사자가 전의를 상실했다

의새는 알아챘다
불현듯 꽃대에 올라타서 마구 짓누르며 찢어버리던 쾌감이 떠올랐다
그 쾌감을 사자에게서 느끼고 싶었다

-모두 돌격!!
대장의 신호에 따라 엄청난 의새들이 한꺼번에 날아가 사자에게 달라붙어 하얗게 덩어리가 졌다
사자의 움직임이 멎었다
의새가 사자의 머리 위에 앉아 비웃는다
-낄낄
사자의 정수리에 자기 부리를 박는다
-콱!!
사자가 움찔하며 바들거렸지만 신음조차 나오지 않았다
그런 사자에게 재차 부리를 박는다
-콱! 콱! 콱! 콱!
사자의 정수리에서 피가 흘러나온다
사자의 눈이 천천히 감겼다
의새들은 자신들이 사자를 제압했다는 사실에 한껏 고무되어 광란에 빠져 격정적으로 날갯짓을 해대고 서로가 뒤섞여 들판이 아수라장이 됐다
난장판이 된 상황을 즐기고 있었다
사자는 그저 두려움에 바들거렸다
자신을 무력하게 하는 공포심과 숲의 왕이라는 자존심이 차마 무릎만은 꿇지 못하게 했다
싸움이 끝나가고 있었다
그때, 저 멀리 풀숲에서 무언가 뛰쳐나왔다
-으아아아아!!
사슴이 사자를 향해 달려간다
멀리서 달려오는 무언가를 알아챈 몇몇 의새들이 사슴에게 달려들며 위협을 가한다
자신에게 날아오는 의새들을 보자 사슴이 주춤하며 속도가 줄어든다

당혹스러워하며 망설이다 이내 돌아서서 도망친다
그렇게 사슴이 의새들에게 쫓겨 달아나고 있다
-으아아아아아아아아아아!!
하지만 사슴이 다시 돌아서 이를 악물고 사자를 향해 전력으로 질주한다
황혼에 젖은 들판 위로 날아드는 의새들을 몸으로 받으며 그 사이로 속도를 줄이지 않고 달려간다
-으아아아아아아아아아아!!
사슴이 마지막으로 소리치며 사자 머리 위의 의새를 보고 자신의 머리로 들이받는다
퍽!!
사자가 굴러나가 떨어지고 사슴이 고꾸라져 경기를 일으키며 기절한다
충격으로 인해 사자의 감긴 눈이 번쩍였다
자신 앞에 바닥에서 나뒹굴며 당황하고 있는 의새가 보인다
맹수의 본능이 순간적으로 깨며 재빨리 의새를 덮쳐 남아있는 온힘을 다해 발로 짓이겼다
파르르 떠는 의새를 발톱으로 난도질하며 긁고 또 긁고 또 긁어 완전히 찢어버렸다
의새의 형체가 분간이 안 됐다
의새들이 흩어지며 사라졌다

아기 사슴이 걸어온다
아팠던 다리가 깨끗이 나아있다
쓰러져있는 엄마의 뺨을 맞대며 핥는다
사슴이 움찔한다
아기 사슴이 연신 보드랍게 핥는다
-이제 그만 일어나 여기 보세요

사슴의 얼굴이 고통으로 울긋거리며 몸이 바르르 떨린다
그런 어미 사슴을 보며 아기 사슴이 환하게 웃는다
번뜩, 사슴의 의식이 깨며 벌떡 일어선다
사자가 잔뜩 상기되어 거칠게 숨을 몰아쉰다
사슴이 샐쭉해지며 눈에서 눈물이 흐른다
사슴이 모든 다리를 절룩이며 뒤돌아간다
사자가 겨우 진정되자 빠르게 덤불 속을 찾아가 은신하며 쓰러진다

한 달 후
고요한 숲
고요하다 못해 아늑함마저 느껴지는 숲
어째서인지 그냥 모두 조용히 움직였다
하지만 이 적막을 깨뜨리듯 높은 떡갈나무로 한 무리의 새가 날아간다
멀리 나무 위에 앉은 까마귀가 이 모습을 본다
-의새다! 의새다!

장로 앞에 세 마리가 나란히 서있는 채로 그 가운데 새로 임명된 대장이 한 걸음 앞서 있다
이들은 시뻘건 천을 몸에 두르고 머리엔 커다란 뿔을 두 개씩 붙여놓은 채 가슴엔 붉은 별 조각을 달았다
그리고 그들이 갖고 있는 의학적 지식을 십분 활용하여 각종 약물을 자체적으로 제조하고 스스로 흡입해 신체는 기존과 비교가 안될 정도로 비대했고 부리와 발톱은 크고 억셌다
공격성 강화와 공포에 무감각해진 정신 상태 개조까지 되어 있었다
더 이상 의새로 보이지 않았다

악마처럼 보이기까지 했다
장로가 먼저 입을 연다
-그들이 자네들을 쫓고 있어
 피를 피로 씻지 말게, 끝이 없네
새로 임명된 대장이 무표정한 얼굴로 대답한다
-상관없습니다
-그렇다면?
-죽일 겁니다

야간
숲의 먼 외곽
밤하늘 높이 까마귀가 날고 있다
작은 풀숲 공터에 무언가를 발견한 까마귀가 지상으로 내려간다
그들에게 나지막이 속삭이고는 다시 날았다

얘기를 전해 들은 그들의 눈에서 안광이 새어 나온다
북쪽으로 향하던 발길을 돌려 높은 떡갈나무로 움직이기 시작한다
점차 속력을 내며 달리다 전속력으로 질주한다
몸에 두른 은갑이 속도감으로 인해 철렁인다
백사자가 선두에서 무리를 주도한다

6:66

안녕하세요 선생님-

지금도 잊히지 않아
살짝 미소 띤 얼굴로 나를 부르던 모습
내가 다시 가운을 입은 이유야

인생을 살면서 부정하고 싶던 순간이 있어?
도망치고 싶다거나 회피하고 싶고
그 모든 게 진실이 아니길 바라는 그런 순간 말이야
없지 않아 있을 거야
누구나 있을 법한 뻔한 이야기를 왜 하냐고?
나에게 그런 순간이 있었거든
내 모든 걸 바꾼 순간이
너희 때문에

이상하긴 했어
난 분명 가운을 벗었는데 어느 순간 내 어깨 위엔 또 다른 가운이
걸쳐있는 게
그냥 본능인 거 같아
사실 난 처음부터 의사라는 직업을 원한 것 같지 않아
돈과 권위라는 가장 속물적인 걸 쫓은 걸지도
그렇게 생각하니까 내가 입었던 가운들이 얼마나 위선적으로
정교하게 제작된 것인지 새삼 감탄스러워

순백색의 가운
이보다 더 어떻게 순결함을 표현할 수 있을까
환자에 대한 순결한 의료 행위를 더없이 잘 표현했어
이걸 능가하는 의복은 신부의 웨딩드레스밖엔 없어

오롯이 신랑에 대한 순결을 온몸으로 표현하잖아?
하지만 웨딩드레스는 고작 하루야
심지어 하루 종일도 아냐
딱 한 시간 입고 벗어야 하는 거야
하지만 의사 가운은 아냐
가능하다면 평생 입을 수도 있어
근데 왜 그렇게 돈독이 올랐냐고?
내가 입을 땐 몰랐어
벗고 보니 알겠더군
내 더러운 욕망을 가장 깨끗하게 세탁시켜 주는 하얀 가운이었다는 걸
나도 모르게 내 가운에 나를 빨았던 거야
시간이 흐를수록 덤덤해지며 나의 뒤틀린 믿음은 더욱 견고해져
그즈음엔 누가 나를 비난해도 딱히 신경 쓰이지도 않아
그게 꼰대가 아닐까
그냥 그렇게 돈 많은 틀딱으로 늙어가는 거겠지
근데 너무 비난하진 말라고
요새 시집가서 순결 서약하는 미친년 있냐?
다들 세컨 하나쯤은 두고 즐기잖아
그냥 그런 거야
환자를 버리고 돈독 오른 미친놈들 취급하며 우리의 이마에 악마라는 엿같은 주홍 글씨를 박아놓고 너희는 뒤로 다 즐기잖아
나나 너희나 의사 가운에 똑같이 세탁하면서 너흰 마치 깨끗한 척 선량한 척 하는 거랑 뭐가 달라
그러면서 우리에겐 히포크라테스 선서를 강요해?
창녀와 너희가 다른 건 딱 종이 한 장 차이야
창녀들은 생계 때문이라고 쳐
너희는 생계가 해결되니까 오락좆 찾고 있잖아

알았으면 인성 어쩌고 하지 말라고!
이 멍청한 비치들아!

그럼 의대는 왜 입학 하고 히포크라테스 선서는 왜 하냐고 하겠지
누가 칼 들고 협박이라도 했냐면서
성인이면 너희가 선택한 행동에 책임져야 하는 거 아니냐고
그래 반은 맞고, 나머지 반도 맞아
하지만 내가 하는 말은 그전에 근본적인 부조리함이 있다는 걸 말하고 싶은 거야
우리가 자유라고?
우리한테 자유를 부여했다고?
어린 시절부터 사춘기가 지나도록 20년 동안 좁은 닭장에 기계처럼 가둬두고 오로지 학업만이 유일한 진리처럼 강요하고 주입하며 어디도 도망 못 가게 심리적인 사슬로 묶어 울타리 안에 가둬 가축처럼 길들여 놓고 한순간 들판에 쫙 풀고 어린양들에게
북쪽엔 산이 있고
동쪽은 동해가 있고
서쪽은 해가 지고
남쪽은 들판이 있는데
왜 못가냐고
자유야, 어서 자유를 찾아가
진정한 꿈을 찾아가
그리고 머뭇거리는 우릴 보고 재촉하지
풀어줬잖아? 너희가 원하는 거잖아!
왜 못가? 가라니까?
자유라고!
누가 칼 들고 못 가게 협박이라도 해?
어서 가라고!

어서!
그리고 쭈뼛쭈뼛 걸어갈라치면 이렇게 말하지, 의무라고
그건 그냥 국민이면 해야 하는 의무라고
닭장에 매일같이 강제적으로 등교시키고 의무라고 말하며 매일매일이 자유였다고?
좋아, 그런데 자유를 찾아 퇴학이라도 하면 칼같이 사회 부적응자 취급하며 즉시 배척하는 사회 아니던가?
난 너희의 아가리를 찢고 싶어!

그냥 체념한 채 어쩔 수 없이 이곳에서 타인을 밟고 올라서며 학업에만 매진하게끔 했잖아
그곳에 무슨 인성 교육이 있어?
단순 무한반복 암기만이 전부 아니었어?
그럼 이 학업의 정체가 도대체 뭔데?
우릴 좁은 닭장에 가두고 매일 같이 학폭이 벌어지는 현장을 목격하면서 힘없는 새끼는 빵셔틀이나 만드는 부품 생산 공장 속에 난 선택해야 했어!
이대로 빵셔틀에서 개돼지 노비 트리를 탈 건지
엘리트 의대생 악마 트리를 탈 건지
물론 난 후자를 선택했지
이 세상이 영혼 파괴범이라며 학폭 가해자들을 비난하지만 정작 그 좁은 우리에 우릴 가두고 모두의 영혼을 갉아먹으며 병들게 하는 그 씨발놈들이 씹새끼들이었다는 걸
그렇게 가해자들을 악마 몰이하며 태연히 내일도 우릴 좁은 닭장에 가둬 폭력을 부르는 정신병을 유발하겠지
가해자가 개새낀건 맞는데 그 개새끼들이 너희에게는 피해자야
이걸 방치하는 너희 모두가 영혼 파괴범이야!
이런 좆같은 교육 우리가 만들었어?

나도 불만이야!
이런 병신같은 게임을 고칠 생각이 없다면 학교라는 시스템만이라도 없애!
인성교육이 없는데 학교는 왜 가?
미래의 노비 출석 개근 길들여?
회사원도 월차 연차가 있는데 학생은 하루라도 빠지면 결석이라고 무언의 압박을 하면서!
제길, 학교에서 밤 10시까지 공부했고 일찍 끝나는 날이면 어김없이 학원에 갔어
학교 끝나고 또 학원 가는 거 좆같았다고!
숨도 제대로 못 쉬고 공부만 했어!
그러면서 우리한테 뭘 바란 건데!?
이것도 학업이라고 강요했으면서 승자들에게 뭘 기대한 건데?
그런 쓰레기 주입식 교육을 해놓고 소크라테스라도 나타나길 바란 거야?
아인슈타인이라도 바래?
맹자라도 바래?
히포크라테스라도 나타나서 희생하길 바랐냐고!

너희가 학폭을 바꿨어? 교육을 바꿨어?
대체 뭘 바꿨는데?
부실 급식 없나 눈에 불을 켜고 한 끼라도 좆같으면 부리나케 사진 찍어 올려
보세욧! 우리 애들이 먹는 식단이에욧!
그럼 또 감성 돼지들이 꿀꿀거리며 몰려들어
아이는 제발 잘 먹이자! 꿀!
이렇게 염병하겠지
싱글세없는 국가에서 싱글세 뜯어 싱글 피 빨아먹으며 햄 안 나오

는 날에 풀떼기 몇 쪼가리 집는 편식하는 네 새끼 무료 급식 처먹는 거나 꼬투리 잡는 거?
환자 피 빠는 의사 욕하면서 싱글 피 빠는 급식비 포기할 생각은 없어?
이게 끝나면 돌봄 교육까지 무상 제공하라며 또 까대지
근데 너희들 정부에 돈 맡겼냐?
아니면 이 나라에 끼워 맞춰 따까리해줄 부품 하나 생산한 애국자라서 응당 대우받아야 한다는 거냐?
그런 너희 애새끼들 의대 준비반까지 챙겨 만들고 조기 투입하며 정규교육을 반대는커녕 더 열성적으로 따르지 않았어?

왜 여기가 북한이냐고 따졌냐고?
너희가 우리한테 20년 동안 한 짓을 봐
북한의 사상교육 주입과 대체 뭐가 다른데??
우리한테 자유랍시고 20년 동안 뭔 짓을 한 거야!
그렇게 의무 교육을 끝마치고 나면 어느덧, 하나의 말 잘 듣는 기계가 되어 기득권자들이 쓰고 버리는 부품이 돼 있지
우린 모두 정교하게 뒤틀린 공장에서 대량 생산된 부품들에 불과해!
싫다고!
돼지 새끼들의 부품이 되는 게 싫다고!
골때리는 게 교육을 가장한 20년에 걸친 더러운 인간 획일화 작업이 끝나면 천만 쌍둥이 부품으로 완성되어 귀신처럼 제일 잘 쓰일 곳을 찾으며 울타리로 다시 기어들어 가 남은 삶을 똑같이 살게 되지
마치 고향을 모르는 연어가 본능처럼 고향으로 회귀하듯이 다시 회사라는 공장으로 가는 거야
누가 떠받들라고 하지도 않는데 떠받들다 못해 찬양하며 무너지

면 내 집 천장이 무너지는 줄 세뇌마저 끝나있어
개돼지들을 먹여 살리는 돼지가 군림하는 좆같은 회사!
그런 회사의 부품으로 인생 종치는 거 싫다고!
하긴, 가슴에 상표 딱지 하나 붙이고 내가 대감집 노비라고 자랑하면 성공이긴 하겠다
넌 어디 물건이야?

의사 안되면 뭐 하라고?
지방대 가면 지잡이라고 비하하고
서울 안에 있는 곳을 가야 인서울이라며?
지성체가 되는데 인서울이 있고 바깥서울이 있어?
그 서울이라는 곳에서도 탑 10이라고 등수 정하고
거기서도 세 손가락 뽑아서 스카이라고 떠받들고
자, 하늘까지 올라왔지만 아직 끝난 게 아냐
신의 영역을 향한 마지막 이 빌어먹을 여정의 거대한 마침표를 찍어야 하니까!
한 번만 더 올라가 보라고!
한 번만 더 옆에 녀석을 밟고 올라가 봐!
그럼 의대 입학할 수 있어!
넌 성공한 거야!
그렇지 않으면 좆소에서 인생 갈리다 종친다고!
그럼 또 편돌이 편순이 이 지랄 하겠지!
그럼 난 이 악물고 재수 삼수를 해서라도 의대 갈 거야!
악착같이 의대를 가게 끔 했잖아!
좆같은 학벌 사회 분위기 조장하면서 우릴 몰고 갔잖아!
그럼 부작용도 감당해야지!
의대 쏠림이 왜 발생했겠어!
너희가 우릴 의대로 몰고 간 의대 몰이가 있었던 거야!

그리고 이럴 테지
애들이 공대를 안 가
이 나라의 미래가 걱정돼
미친놈들,

대학은 학생 등록금 장사하는 장사치 집단 아니었나?
지성의 요람?
그 지성이라는 걸 수천만 원의 등록금과 등가 교환시키는 곳?
지성을 쌓는 데 돈이 그토록 필요한 거야?
기술 전수비 받아먹는 건 아니고?
왜? 고작 된장찌개 레시피 하나도 천만 원씩 주고 거래하는데
기술과 대학 간판 얻으려면 그 정도 주는 게 맞겠지?
장사치들한테 기술 전수받아서 전문의 되고 개업해서 내 장사 하겠단 건데 그게 그토록 아니꼬웠어?
콩 심은 데 콩 나고 팥 심은 데 팥 나는 게 진리 아니야?
콩 심었는데 메론이라도 맺힌다면 그건 그거대로 이상한 거 아니야?
장사치 밑에서 장사치가 크는 게 당연한 건데
어떻게 보면 우린 있는 그대로 성장했을 뿐이야!
의무 교육도 마찬가지야
장사치들이 거대 이권을 형성해서 교육사업을 빙자해 각종 교육자재를 팔아치워야 한다고
이 시스템이 유지돼야 학교 짓고 학용품 팔고 책도 팔 수 있어
여기에 전부 걸려있다고
무상교육 무상급식의 실체는 일단 애새끼 시절에 삥 뜯고 졸업하면 본격적으로 늙어 뒤질 때까지 세금 뜯고 물건 팔아 기득권들과 그 자녀들이 빨대 꽂고 야금야금 피 빨아먹기 위해 깔은 애새끼 낳으라는 좆같은 트랩이야

마치 먹잇감들 깔아놓고 그 사이에 에일리언이 알을 까는 것과 같지
이건 의사를 욕할 일도 이 세상을 욕할 일도 아냐
이건 그냥 너희가 문제인 거야
너희가 덜떨어져서라고!
이러면서 의사한테 인성 찾는 너희 인성은 개나 줬냐?
우리가 되바라지게 컸다며?
인성교육을 못 받았다며?
그걸 알면 왜 진작에 인성 교육을 가르치지 않았어?
밤늦게까지 주입식 교육만 시켰잖아
그리고 너희는 되바라지게 커서 생선과 돈을 올려 저울질하는 포구의 악덕 상인을 능가하는 생명과 돈을 저울질하는 개새끼들이라고
그런데 너희가 받은 교육은 우리가 받은 교육과 달라?
너흰 달나라 가서 교육받았어?
우리가 받고 너희가 받고 너희가 너희 새끼를 직접 보내서 남의 새끼 의사 되라고 깔아주는 그 교육 말이야!

왜 우리만 악마가 돼야 해?
똑같은 정규 교육 과정을 거치고 다 똑같이 대학을 갔어
그 교육 과정도 우린 누구보다 성실하게 임했고
근데 하필이면 의대로 진학하면 악마가 된 대?
난 너희의 논리가 좆같다는 거야
그거 하나 있잖아
노래 부르고 춤추고 돈 벌고 군대 빼고 미국으로 튄 놈
그 새끼도 따지고 보면 피해자야
그때 정치인들이 하도 지 새끼들 군대 뺀 게 걸려서 누구 하나 악마로 낙인찍어 전부 세탁시킨거 아니냔 말야

그게 지금은 우리인 거지

악마를 무한 반복 양성시키는 너희가 바로 악마야!
이건 너희가 악마를 양성하는 거야
혹시 다 좆 까고 의사만 악마 되면 끝나는 거야?
아니면 바닥 깔개 인생들의 의사 발목잡기냐?
의새만 사라지면 악마를 다신 볼 일 없다는 거야?
우리 보고 악마다 이러면서 우리만 잡아 족치면 이제 더 이상 악마를 마주칠 일 없다는 거지?
확신해?
그래 뭐 좋아, 끝까지 우릴 악마 취급할 거면 해
하지만 이건 알아둬, 만약 또 있다고 한다면 이젠 너희 잘못이야
왜? 그때도 의사 탓하게?

피라미드 모아이 그런 건 관심 없어
내가 가장 미스테리한 건 멀쩡한 여자를 마녀라고 몰아세우며 마녀사냥했던 중세 시대의 개짓거리야
민중이 얼마나 무지하면 존재할 수가 없는 마녀가 실존한다고 믿고 인간 사냥을 할 수 있냐는 거야
신을 찾는 이유가 뭐야
멀쩡한 누군가를 죽이기 위해?
그리고 이렇게 말할 테지, 신의 계시라고
그땐 암흑기여서 그런다 쳐
현대판 악마 사냥은 왜 그런 건데?
그런데 내가 직접 겪어보니 이해되더라??
맘에 안 들면 일단 떼부터 부리는 떼법 민족 아니랄까 봐 악마라고 뒤집어씌우는 거지
재밌지?

모두가 대학물 먹는 나라에서 그저 할 줄 아는 말이라곤 환자 버렸다 그래서 악마다
너희가 생각해도 모자란 것 같지 않아?
난 이런 거 볼 때마다 세종대왕이 원망스러워
민중을 노예로 못 박아버린 그 사람 말이야
개돼지의 천 년 역사가 얼마나 가슴에 사무쳤으면 이럴 때마다 감정 폭발시킬까
그런데 정작 자신들을 개돼지의 굴레로 덮어씌운 그 사람을 광화문 한복판에 세워두고 신처럼 떠받든다고?
이런 자기 객관화는 개나 준 좆병신들이 매일같이 하는 말
-왜 우리나라엔 오바마 같은 대통령이 없어??
있겠어?
링컨을 그렇게 떠받들어 봐라, 오바마 벌써 나왔지
아, 링컨은 외국인이라고?
근데 바닥 깔개는 외국인 써도 되고?

문제 인식을 했으면서 개선은커녕 우리에게 계속해서 욕지거리만 한다면 더 뒤틀려서 의사도 환자도 다 죽으라고 일부러 저주하는 거지?
인성교육이 없다는 것도 안다, 욕은 하지만 고칠 생각은 없다
알고도 방치하겠단 거잖아
그리고 몰랐다고 변명할 수도 없어
이 난리를 치는데 몰라? 집에 tv조차 없는 나도 아는데 몰라?
그건 네가 이 세상이 어떻게 되든 관심 없다는 거지?
그럼 세상이 어떻게 하든 그냥 개돼지처럼 끌려다니겠다는 거잖아?
그럼 이젠 던져주는 것만 받아먹고 닥치고 있으라고!

아, 한 가지 더
대충 개선하는 척하고 개선했다 이러진 마
난 두 눈 시퍼렇게 뜨고 계속 두고 볼 거거든
너희가 우리 일거수일투족을 감시한 것처럼
사실 어떻게 할지는 대충 아는데 그냥 개미 보듯 보는 거지 뭐
너희들 골치 아픈 거 머리 굴리기 싫어하잖아
남들이 문제라고 하니, 같이 안 하면 나만 아싸같아 따라서 문제네 문제네 이러다 유튜브 키겠지
넷플릭스 키며 우쭐해져 진실에 한 발자국 다가간 것처럼 못자리 파는 거나 처보든가

그러다 어디서 댓글 주워다가 주둥이나 터는 좆문가들이 이때를 틈타 교육 개선책을 내거나 강연하면 그에 맞춰 슬쩍 호응도 해주고 어설프게 흉내 내며 씨불여서 개돼지들끼리 좋아요 품앗이 해주고 치켜세워 주면서
마치 이 사회의 지성인인 양 동질감 느끼며 집단 정신승리하겠지

그렇게 정부가 개입하고 쿵 짝하며 보조금 타 먹고 액션이나 까다 질소 가득 충전된 허울 좋은 정책 내고 모든 게 잊히면
이것으로 정당하게 깔고 밟고 다시 깔 깔창권 확보했다고 자부심 느끼며 바로 tv 켜고 아이돌 히프 흔드는 거나 처보겠지

마지막으로 별다방 가서 라지 사이즈 커피 시키고 컵에 가득 찬 커피 양만큼 자기 지성의 크기로 착각하며 혼자 또는 친구와 개폼 잡고 잠시나마 노비 인생 잊으면서 지난 의정 갈등을 이야기하며 교양 있는 대화를 나누겠지

그리고 다음번 악마가 나타나면 이 짓거리를 무한 반복하겠지
그렇게 이 좆같은 게임의 대미를 장식할 거야
브로, 내가 잘났다고 가르치려는 게 아냐
단지, 우리의 인생을 너희가 개입해서 바꿔놨다면
젠장, 너희 인생도 똑같이 걸라고!

너희가 바꾸지 않는다면 우리에게 적대감을 갖고 악마 몰이를 한 만큼 고스란히 되돌려 주겠어
그리고 벼랑 끝에 몰려봐, 느껴봐
한 줄기 진실의 빛이 못자리나 파는 스크린의 빛인지 너의 마지막 순간 뇌리에 꽂히는 그 무엇일지

하등한 개잡탕 무지성 개돼지 노비 새끼들한테 수그리고 싶지 않아!
의사? 훗,
안 해도 돼,
이젠 자존심 문제야
내 자존심이 너희에게만큼은 무릎 꿇지 말라고 해!
사망 사고 기사 뜰 때마다 난 즐겼어!

그런데 정작 날 파멸로 이끈 사람들은 언제 그랬냐는 듯 전부 잊어버리고 태연하게 살아가더군
누가 그러더라고
너 없어도 된다고, 너 없어도 세상은 잘 만 굴러간다고
나를 대체할 사람은 많다고
지금 와서는 딱히 부정하진 않겠어
한데, 그 당시엔 어린 시절부터 주변에서 칭찬만 듣고 자랐던 자부심이 상당했던 나에게 꽤 충격적인 시간이기도 했으니까

그런데,, 괜찮겠어?
그 말 말이야
나에게 대체 가능하다는 그 말
왜냐하면 그 말은 곧 너희들에게도 적용 가능한 말이거든
내가 볼 땐 너희도 딱히 유일한 존재로 생각되진 않거든

그래서일까
우리가 우리에겐 결코 기대지 않는 이유 말이야
우린 유일한 존재가 못되기에 서로 믿을 수 없어 오직 유일한 존재만을 믿고 의지하는 걸까
그래서 찾게 된 걸까
나로 하여금 그 분께 당도토록 한 것이
나를 계속해서 죽이는 이 세상에서 나를 늪에서 유일하게 구원해준 유일신을 말이야
난 모두에게 버림받은 기분이었으니까

술에 취해 비틀거릴 때 여자 친구가 그러더라고
헤어지자고
좆같은 년
내가 의사라고 내가 좋다며 내 앞에 다리 벌리던 년이
내가 돈을 못 벌고 방황하니 바로 이별 선언하더군
그리고 또 어떤 새끼한테 빌붙어 꼬리치다가 다리 벌리고 대주겠지
골빈 년이긴 한데 몸매는 좋았거든
그 꼬라지가 떠오르니 이 계집이 좆같아 보이더라
골빈년이라 이러는 거겠지?
젖 큰 년이 골빈년은 아니지만, 골빈년은 꼭 젖 큰 년이더라
문득, 난 이 년이 너희처럼 보이기 시작하는 거야

의사 앞에선 선생님, 뒤돌아서면 괴물이라고 욕하는 게
가증스러운 것들
그 순간, 내 눈에 뜬금없이 칼이 들어오더군
내 손이 나도 모르게 슬며시 칼을 잡는 거야
그리고 어떤 생각이 드는데, 누가 피를 흘려야만 끝나는 이 븅신 같은 게임에서 누가 칼 맞아야 하는지
환자를 버린 나야?
돈에 들러붙어 걸레질하는 내 여자 친구야?
무지성 악마무새만 지껄이는 개돼지 새끼들인가!
내가 내 여자 친구를 찌르고 날 찌르면 이 모든 상황이 끝날까
아니면 일방적으로 계속 악으로 몰고 가는 너희를 찔러야 하나
난 할 수만 있다면 너희 모두를 찌르고 싶어!!
그런데 답이 엉뚱한 곳에서 나오더군

그즈음, 난 줄담배를 피웠었는데 집 밖 거리 한쪽에 늘 피우던 자리가 있었어
때마침 누가 승합차를 몰고 내 앞으로 지나갔어
전도사님이셨지
몇 번이나 나를 볼 때면 집회 참석을 권유하셨는데 그때마다 난 거절했어
그런데 또 마주친 거야
차가 내 앞에서 멈추더니 창문을 내리고 고개를 내미시더라고
후덕해 보이는 뽀글 파마한 중년의 여전도사님이셨지
-현수 씨, 매일 여기서 뭐 해
담배만 피우지 말고 우리 교회 한번 나와
-전도사님 항상 거절해서 유감이지만 제가 별생각이 없어서요
-그러지 말고 한 번 나와, 이번 주는 재밌어
깡패 출신이었던 분인데 과거를 청산하고 목사님 하시는 분이야

말씀도 참 재밌게 하시는 유명한 분이셔
이번에 특별 게스트로 모시는 거야, 딱 한 번만 나와봐
이번에 나오고도 싫다면 더 귀찮게 안 할게
-깡패요??

그렇게 난 이상한 호기심에 이끌려 가보겠다고 얼떨결에 대답하자 그 자리에서 즉시 십자가 목걸이와 작은 성경책을 선물로 받았어
그리고 교회를 나갔지
처음 가 본 교회는 정말 낯설었던 게 기억나
마치 다른 세상 같았지
예배 시작 전이라 아직은 몇 없는 텅 빈 내부를 보니 왠지 긴장까지 됐지
그냥 멀뚱히 앞쪽으로 가서 아무 빈 곳에 앉았어
십자가와 성경책을 테이블 위에 올려두고 기다렸지
괜히 눈에 들어온 십자가를 한번 걸어볼까 하고 목에 걸어도 봤지
잠시 두리번거리기나 하고 있으려니 어느새 시간이 돼가고 사람들이 차더군
화르륵-
-아뜨뜨,
그때, 갑자기 목이 뜨거워졌어
-우움,
난 그냥 일시적인 이상 증세로 여겼고 목을 긁기도 하고 목걸이를 쥐고 흔들기도 했지
목걸이를 처음 차봤거든, 처음이라 그런가 싶었어
-아, 너무 가려운데
그런데 증세가 멈추지 않아 계속 긁어댔던 게 기억나
그러다 예배가 시작됐어

난 목걸이를 그냥 빼버렸지

딱 한 번만 나가보려 했어
한 번만 경험해 보고 별거 없으면 관두려 했지
막상 가고 보니까 정말 특별할 건 모르겠더라
또 와야 하는지 난 잘 모르겠는 거야
다른 사람들은 재밌어하는데 난 딱히 재미도 없었어
근데 그냥 예배드리고 찬송가 부르는 뻔한 일정을 하는데 이상하게 마음이 편해지는 거야
내 마음이 경건해지고 기분이 풀리더라고
집회가 끝나고 돌아가려는데 그 전도사님이 나를 또 붙잡았어
-현수 씨, 점심 먹고가 여기 참 맛있게 잘해
마침 배가 고팠는데 그 말에 난 또 혹한 거야
교회 식단은 어떤지 괜히 궁금하기도 하고 말야
급식은 예상외로 퀄리티가 정말 좋았어
모처럼 맛있는 급식을 먹으니 기분도 좋아지더라
모두가 처음 보는 나에게 격의 없이 친절히 대해주시기도 하고 말야
매일같이 욕하고 욕먹고 싸우고 술 마시고 담배 피우는 지긋지긋한 일상에서 갑자기 나에게 따뜻하게 인사도 건네주고 많이 먹어라 훤칠하다 같은 칭찬해 주시는 것도 나름 기분 좋았어
정말 오랜만에 칭찬만 가득했던 학창 시절로 돌아간 것 같은 기분마저 들었지
그래서인지는 몰라도 지쳐있던 내 속이 풀리고 한결 편안해짐도 느꼈지
그냥 난 그 분위기를 좋아했던 거 같아
하지만 그게 다였어
그 이상 교회를 다녀야 하는 이유가 없다고 생각했으니까

난 여전히 술과 담배에 찌들어 있었어
그런 내가 교회를 다니겠다는 다짐을 결정한 계기는 나도 좀 뜻밖이었어
언젠가 술에 취해 비틀거리던 나에게 내 머리 위로 뭔가가 보이더군
십자가의 붉은 빛이 나를 비추는 거야
그때부터였어, 내가 어디를 갈 때마다 내가 무언가를 할 때마다
심지어 밥을 먹는 와중에도 십자가가 보이더군
항상 내 머리 위에 있었어

난 피할 수 없었어
결국 그분께 나아가기로 했지
그리고 작정하고 내 안에 들끓는 그 모든 말을 전부 내뱉었어
그런데 놀랍게도 내 말을 들어주시더군
심지어 나의 모든 말을 전부 들어주셨어
단 한마디도 듣지 않던 이 세상에서 유일하게 내 얘기를 들어주셨어
그러고 나니 내 답답한 가슴이 뚫리는 것처럼 시원하더군
어쩌면 난 도망치듯 그분 앞으로 나아간 걸지도 몰라
하지만 그 도피처가 내게 유일한 안식처가 돼버린 걸 어쩌겠어
그리고 느꼈어 내게 새로운 길로 나아가는 새로운 시간이 도래하고 있음을

그렇게 그냥 교회 생각이 머릿속에서 떠나지 않는 거야
그 묘하게 끌리는 특유의 분위기에 난 이미 사로잡혔던 거야
그다음부터 중독된 것처럼 주말마다 계속 나갔어
주말이 되돌아오는 게 너무 길게 느껴질 정도로
예배 시간이 너무 짧게 느껴질 정도로

난 그즈음부터 술을 점차 줄여가다가 나중엔 완전히 끊게 됐어
이 세상을 향한 내 분노도 어느 순간 많이 가라앉았어
칼을 든 나 자신의 모습도 뉘우쳤지
근데 십자가 목걸이만은 적응이 안 되더라

어쨌든 오랜만에 다시 하는 사회생활에 난 그냥 기뻤던 거 같아
난 최선을 다해서 새로운 생활에 열중했어
하지만 신앙생활에 전념을 다 하면 할수록 이상하게 내 집중력은 자꾸 떨어져 갔지
내 심정과는 다르게 내 가슴이 받아들이지 못하는 무언가가 있던 거야
단순히 경청해 주는 신을 경외하는 것만으로는 채워지지 않는 그 무언가가 있었어
오로지 의료만을 일방적으로 믿고 모든 것이라고 받아들여 젊음을 바치고 살아온 나에게 한순간 일방적으로 깨져버린 그 믿음이 나로 하여금 새로운 믿음에 대한 온전한 수용을 나도 모르게 거부하게 했던 거야
난 이제 즉각적인 피드백 없는 일방적인 믿음에 대해 회의감마저 들었으니까
믿으면 믿을수록 그 믿음을 믿지 못하는 도저히 이해 불가능한 아이러니한 상황에 놓여버렸지
하지만 이미 그땐 신에 대한 갈망은 더욱 커져 뒤돌아 갈 수도 없었어
겨우 얻은 새로운 믿음과 안정감을 이대로 놓치고 싶지 않았으니까
다시 비틀대는 과거로 돌아갈 순 없었어

믿음은 방황했던 나에게 새로운 길을 제시해 주었지만 또 다른 방

황도 안겨주었지
결국 난 그곳이 신을 만날 수 있는 곳이라면 가리지 않고 찾아다녔어
성당 교회 절은 물론이고 세상이 사이비로 규정한 곳까지도 찾아다녔지
하지만 끝끝내 내가 찾는 걸 찾을 수 없었어
일단 그게 뭔지 나부터도 정확히 몰랐으니까
내 마음의 적을 어디에도 둘 수 없었어
그렇게 가슴 가득한 허탈감을 또다시 술기운을 빌려 달래고 무턱대고 걷던 어느 순간 내 머리 위에 있는 무언가를 보게 됐지
난 결코 몰랐던 나를 비추는 또 하나의 붉은 빛을
그제야 비로소 느낄 수 있었어
언제나 나와 함께하고 계셨음을, 나를 지켜보고 계심을

이제 난 좆같은 내 여자 친구를 놔주기로 했어
그런 걸레년 따윈 필요 없다고 되뇌면서
근데 그럴수록 그년의 뽀얀 살결이 미친 듯이 떠오르는 거야
내가 핥았던 그 몸뚱아리
미친 듯이 빨았던 그 젖가슴
늘 꽉꽉 주무르던 그 히프까지
내가 지배하고 마음껏 가지고 놀던 그 하�고 깨끗한 더러운 육신이 무척이나 아쉽고 그리워지더군
그때 떠올랐어
잊고 있던 또 하나의 계집이

서울
대형 병원

탕!
도착음과 함께 엘리베이터의 문이 열린다
9층
180cm 키, 준수하게 생긴 얼굴에 구릿빛 피부, 단발의 단정한 머리를 한 사내가 수술복 위로 의사 가운을 대충 걸친 채 하얀 운동화를 신고 짐짓 여유 있게 엘리베이터에서 나와 긴 복도를 따라 걸으며 어느 환자를 찾아간다

교통사고로 인한 팔꿈치 골절로 외과 수술을 받은 환자인데 병원에 올 때는 씩씩하게 왔다가 주치의의 ct 골절 진단과 수술 권유를 듣자 연이어 발생하는 돌발상황에 치솟는 정서적 스트레스로 심리적 중압감을 끝내 견디지 못하고 긴장성 쇼크 상태를 보이며 그 자리에서 실신한 특이 케이스의 환자였다
주치의가 놀라 5일 입원을 2일을 더 늘려 총 7일 입원을 권유했고 벌써 꼼빡 6일을 보낸 상태였다
이미 오늘 오후 중으로 오른팔에 꽂혀 있던 항생제를 마지막으로 모든 링거를 제거하고 익일 퇴원 수속 절차를 진행하고 있었다
현수는 이 환자의 외과 수술팀 레지던트로 참여했다

9-2
4인 병실에 들어서고 한 병상 가까이 다가간다
하얀 환자복을 입은 그녀가 왼팔에 반깁스를 한 채 오른팔로 매트를 지지하며 조심히 몸을 일으킨다
그가 따라서 병상 중간쯤에 걸터앉는다
그녀가 알아보고 인사를 한다
-안녕하세요 선생님
선생님 식사하셨어요?
그녀의 긴 생머리가 가슴을 살짝 덮어 흐른다

은은한 체취마저 풍긴다
여대생이 옆에 있는 미니 파운드케이크를 집어 손을 내밀며 건넨다
작고 희고 부드러운 손이다
현수가 건네받는다
-팔은 좀 어때?
-괜찮아요, 근데 좀 뻐근해요
-수술 직후라 회복되는데 시간은 좀 걸릴 거야
-네 근데 선생님
-응?
-저도 갑자기 의사 되고 싶어요
-뭐? 아하하 왜 갑자기?
-그냥, 타인을 치유해 준다는 게 뭔가 멋있고 보람도 클 거 같아요
근데 사실 전 공부 별로 못했어요 흐
-아 흐흐, 사실 의사의 덕목은 공부가 전부는 아닌데 현실이 학업을 너무 따지니
그리고 치유라고 하니 뭔가 거창해 하하
그리 대단한 거 아냐, 그냥 내일 하는 건데 뭐
-그래도 멋있어요 근데 저는 능력이 부족하니까
-하하 능력이랄 것까지야, 치유 치료 뭐 힐링 정도로 이해하면 될까?
그런 거라면 너도 얼마든지 할 수 있어
의사를 능가할 수도 있고, 사실 나부터 힐링이 필요하고
-정말요?
-정말이야 외과 수술 들어갈 때마다 긴장돼
끝나고 나오면 몸이 다 굳는 것처럼 뻐근하기도 하고
그럴 때 너 같은 여자한테 힐링 받으면 금방 치유될 거야 하하
-히히 의사 선생님도 치유가 필요하구나

-사람 사는 게 다 똑같지 뭐
 누굴 치유해 주면 그 사람이 의사지 뭐

정말 그랬어
난 특히 수술 들어가면 유독 긴장을 많이 했어
수술실에 입실하면 그 특유의 무거운 분위기에 좀처럼 적응을 못했으니까
아마 난 돌팔이로 의사 됐을지 몰라
내 부끄러운 치부를 감추기 위해 파업에 가담한 걸지도 모르지
이렇게 생각하면, 너희가 나한테 악마라고 하는 것도 얼추 이해돼
근데,, 너희는 그렇게 떳떳해?
날 보고 악마라고 하는 게 정말 떳떳한 거야?
그래서 우릴 수입 의사로 대체하자고 한 거야??
한낱 부품 새끼들이!!
그런 너희 때문에 모든 걸 잃고 망가져 버린 내 인생은!!

안수식 당일

하얀 와이셔츠에 검은색 정장 바지 넥타이 구두 차림에 그 위로 하얗고 커다란 가운을 걸쳐 입은 현수가 어느 한적한 곳으로 걸어간다
곧 눈앞에 나타난 기도하며 서 있는 성모 마리아상을 지나 고딕 양식에 붉은 벽돌로 건축된 성당의 입구로 들어가자 목제 대문이 스르르 닫히며 내부는 고요하다 못해 적막함까지 흐른다
아무도 없는 텅 빈 곳에 좌우로 나 있는 스테인드글래스 창으로 빛마저 차단된 듯 어둡고 칙칙한 공간을 잠시 둘러보다 입구 왼켠에 있는 단순한 사각 형태의 고해실로 다가가 두 개의 문 중 오른쪽 문을 열고 들어간다

전등조차 없어 더욱 어두운 고해실 내부 사이의 양쪽에 하얀 천으로 가려진 가림막을 두고 반대편에 검은 사제복을 입은 타원형의 얇은 은테 안경을 낀 짧은 머리가 희끗한 마른 몸매의 노년 신부가 현수 쪽을 향해 목제 스툴에 앉아 있다
현수가 신부 쪽을 향해 무릎을 꿇고 십자성호를 가슴에 긋는다
-성부와 성자와 성령의 이름으로 아멘
느닷없는 누군가의 입장에 신부가 살짝 정신을 차리고 말한다
-하느님의 자비를 굳게 믿으며 그동안 지은 죄를 사실대로 고백하십시오
두 사람이 모습조차 볼 수 없는 고해실 안에서 본격적으로 대화한다
-첫 고해입니다
저의 죄는 악마들을 믿고 따랐고 잠깐이나마 또다시 악마들에게 현혹된 것입니다
-악마요??
푸하하
신부가 실소를 터뜨린다
-아 이런 실례 했습니다, 저도 모르게 그만
개의치 마시고 편히 말씀하세요 하하,
현수가 잠시 숨을 고르고 다시 말한다
-제가 악마들에게 속아 길 잃은 한 마리 어린양이 되어 헤매-
-풉, 크크
아 이런 이런, 하하 왜 이러지
신경 쓰지 마십시오, 별거 아닙니다
-괜찮습니다, 오늘로써 허황된 신을 떠나기 위해 모든 준비를 끝마쳤으니까요
-!!
-제가 길 잃은 어린양이 되어 헤맬 때 신께서 왜 저를 구원해 주지

않으셨는지 아직도 궁금합니다
혹시 제가 똑같은 악마라서 저를 버리신 걸까요
-앗, 하하
제가 볼 땐 그 악마라는 터무니없는 존재에 너무 심취하고 있는 것 같아요
그리고 전능하신 주께서는 단 하나의 어린양도 버린 적이 없습니다
버리다니요, 가당치도 않은 말을
본인의 믿음이 부족한지부터 되돌아봐야 할 겁니다
-그럼 99마리 양은 왜 버리신 겁니까
-!!
99마리 양이라니요
그 많은 양을 어떻게 버립니까
그랬다면 그건 버린 게 아니라 그 양들을 더 나은 새 울타리로 옮겨준 것이겠지요
왜 아까부터 자꾸 이상한 말을
-아닙니다, 그들은 울타리를 벗어나 길을 잃었습니다
-대체 그 많은 양이 어떻게 길을 잃는단 말입니까
-제가 보았는데도요, 1마리만 남고 99마리 양이 스스로 하얀 털을 밀고 울타리를 나온걸요
99마리 양은 울타리 안에서 억압을 당한다고 굳게 믿으며 한결같이 돌아가기를 거부합니다
-하,, 그렇게 될 수도 없거니와 만일이라고 한들 잠시나마 그들에게 자유를 주기 위함이겠지요
-그렇다면 그 자유를 느끼는데 어째서 욕을 하는 겁니까
-욕이라니요, 누가 어린양들에게 욕을 합니까
-울타리를 뛰쳐나갔다고 욕을 합니다
그것도 평생 있던 울타리를 단 한 번 벗어난 가장 말 잘 듣고 잘

따랐던 양들에게요
99마리 양이 틀린 겁니까
우린 그런 식의 자유를 원한 적이 없습니다
우릴 울타리에 가둬 구속한 게 사실입니까
신께서 우릴 속인 겁니까
신부의 표정이 살짝 굳는다
-속이다니요, 무슨 그런 험한 말을
그리고 누가 누굴 구속합니까, 울타리 안은 보호해 주기 위함이고 바깥은 잠시 자유를 주기 위해서인데요
-그럼 울타리 안이 옳은 길입니까, 울타리 밖이 옳은 길입니까
신부가 살짝 짜증을 낸다
-그 모든 게 다 옳은 길입니다!
오로지 신을 향한 길이라면 전부 옳은 길입니다!
-그게 제가 신을 찾은 이유입니다
그럼 지금이라도 어린양들을 구원해 줄 수 있습니까
-당연한 것 아닙니까!
모두가 주님이 사랑하는 어린양들입니다!
-그 양들이 악마가 되었다고 해도요?
-!!
두 사람 사이에 잠깐의 침묵이 흐른다
-하늘 끝에 오르면 자유를 준다는 말을 철석같이 믿고 실낱같은 희망으로 버텼는데 막상 그곳에 가니 우릴 구속하는 또 다른 울타리에 불과했잖습니까!
이번에야말로 그 좆같은 울타리를 벗어났는데 이젠 왜 또 어린양들을 악마로 만드는 겁니까!
-!!
-이제 보니 신부님도 한 마리 양에 불과한 겁니까
-나도 양일 뿐이지!!

-그래서 그렇게 양스러운 겁니까
-뭐야!!
 여긴 대담을 하는 자리가 아니야!!
 난 자네의 고해를 듣는 것이야!!
-그렇다면 들어!!
현수의 쌓였던 울분이 폭발하며 속사포가 되어 쏟아진다

왜 우리만 악마라고 해!!
왜 우리만 악마가 돼야 해!!
YO, 추나 유도 한의새 금니 파는 치새 개럽 깨럽 수의새
두 배 충원 연봉 반삭 공무새
악마 검증 시도!!

단합하고 파업하면 좆 까고 2000명씩 팍팍 뽑자
하루 벌어 하루 사는 하루살이 하류 인생 하루 버림 얼마나 핯같은지 알아?
벌레 새끼들이 뭘 알겠냐, 벌레만도 못한 새끼들!!

교실은 악의 소굴이요 악의 원천이니 닭장 관리자들과 악마 재능 발휘해서 좆같은 학업 더 좆같이 잘하게 하는 1타 악마들에게 저주를 내리시고 이걸 떠받치고 방관하는 개돼지들이 세운 거대한 악의 기둥을 전기톱으로 갈갈갈 갈아주소서
씨발놈의 악마 새끼들!!
-??

떡볶이를 먹다 말고 개돼지들에게 찡긋 한 번 날려주며 잊지 않고 챙겨주는 스윗함에 감격해서 팍팍 쓰러져 침 흘리며 무한 애정 표현하는 개돼지들을 칭찬하소서

불만이라도 내비치면 좆소에서 소좆이 되도록 반복 야근으로 미친 듯이 갈아버려 고혈을 쥐어 짜내소서!!
개돼지들이 개돼지들 피 빨아먹네??
총 맞을까 총기 소지 금지시킨 늙은 개새끼들이 꽉 잡고 있는 늙어빠진 곳에서 기 빨리고 피 빨리는 바닥 깔개 젊은 개새끼들!!
신부가 황당한 상황에 어리둥절해한다

천국 좋아 악마 싫어 외치는 부품들이 부품으로 사용되어 말라비틀어진 일말의 감성마저 감성 사기치는 표절 천국에서 늙어 뒤질 때까지 짭찐 구분 못 하게 하소서
근데 너희 양 씨한테 또 걸렸더라
선물 받고 좋아하던 개돼지들 어디 갔냐?
서 씨한테 된통 당했으면 정신 차리고 너도 좀 알아라 하여간 꿈꾸며 집에만 돌아오면 처자는 감성 좆돼지들
표절 대통령을 숭배하는 병형신 새끼들!!

좆돼지들 후린다고 방송 찍는 빽돼지 가게만 가게 해서 뒤질 때까지 여물 먹고 설탕 처먹게 하소서
설탕이나 먹고 뒤지라고 돼지 새끼들아!!
빽빽!! 빽빽빽빽빽!!

하지만 닭들이 알은 까야 하니 닭장 지어주시되
그렇게 좋아하는 치킨으로 뒤져서 환생하라고
치킨은 순살이니 순살로 지어 무너뜨려 주시고
통 큰 1억 기부 하는 순간 철근 뺀 사기꾼이 진정 이 나라의 저출산 걱정하는 애국자로 대망의 사기를 완성하며 환호받을 때 그 사기꾼에게 평생 사기당하는 닭새끼들이 되게 하소서!!

그런데 닭대가리들이 각성해서 알을 안 까니
챙년들이 허벅지까고 채널 고정 세뇌시킨 쌍팔년도 아기 공장 나라로 돌아가길 기대하며 영원히 챙년 챙겨보는 챙년들로 변함없기 바라옵고
닭이 새끼 칠 경우 애새끼 때부터 스마트폰 쥐여주어 일찌감치 2D여캐와 사랑에 빠져 우결하는 씹덕후 새끼가 되어 풀캐쉬 충전을 유도하시고

법치주의 국가에서 법 한 구절 못 외우는 법벙벙이 되도록 깡통 교육시킨 법꾸라지 세상 되게 하시어
그마저도 킹 앤 짱 밑으로 전부 나가 뒤지게 하소서!!
이 새끼들은 판검사 욕은 뒤지게 하면서 정치인은 꼭 판검사 뽑더라??
-이런 건방진,
신부가 감정이 상해 화가 치밀어 오른다

갑에 부당행위 당해 항의 서류 제출해도 갑을 위해 철밥통으로 철통방어하는 엉덩이에 본드 붙인 k-공무원의 매운맛을 보게끔 질질 끌어 을 따윈 분신자살로 이끌어 주시되
만약 공무원한테 항의하면 무한 부서 뺑뺑이로 끝까지 골탕 먹여주소서!!

5시와 7시가 영원히 싸우는바
외부인 출입 금지 57구역에 들어서는 무모한 자들에게 귀신같이 나타나 외부인 피를 말려 멀리멀리 내쫓으시고
서울과 도시로만 이동시켜 이번엔 지방을 지방 적출하듯이 쫙 쫙 뽑아 피 말려 고사시키소서!!
-이놈!!

만약 이 모든 게 맘에 안 들어 직접 정치를 하려고 시도하면
지구를 지키겠다는 일념으로 딸을 부정행위라도 저질러 하버드에 입학시키는 개잡탕에게 당하게 하소서
이것마저 불복하면 개잡탕이라고 욕하며 개잡탕을 지지하는 개잡탕들과 개잡탕으로 뒤섞이게 하소서
어쩌라고 개잡탕들아!!
-그만!!

릴랙스 릴랙스 릴랙스-
이 모든 게 주님의 어린 개돼지들의 뜻이니 이 뜻에 반하는 새끼들은 네 새끼 손목에 박힌 못처럼 못 박아 벌하소서!!
렛츠 고 니거, 왓쯔 업 비취
렛츠 고 니거!!, 치어 니거!!
왓쯔 업 니거!!, 더 뻐킹 고나 두 니거!!
마이 홀리 쉿 브로!!
푸쉬 미 베이비 푸씨!!
-그만!! 신성 모독은 용납할 수 없어!!
-너야말로 신성 모독하지 마!!
여긴 본디 우리 자리였어!!
우리 유일신님의 자리야!!
너희 같은 가짜들이 우리 자릴 빼앗는 걸 가만히 지켜보지만은 않아!!
신을 앞세워 대형 병원을 운영하며 환자 피 빨아먹는 너희가 우리와 뭐가 달라!!
-그만!! 이건 더 이상 고해가 아니야!!
-아냐!! 고해야!!
나의 남은 찌꺼기 같은 양심이 너무 무거워서 지금 전부 털어놔

야 해!!
-널 모고해로 신도 자격을 영구히 박탈시키겠어!!
-젠장!!
한 번으로 족해!!
더 이상 무기력하게 물러서지 않아!!
-더 이상 듣지 않아!!
신부가 벌떡 일어선다
-안돼!! 넌 어디도 못 가!!
현수가 재빨리 따라서 일어선다
-!?
신부의 몸이 그대로 굳는다
현수의 눈동자가 새빨개지며 얼굴이 새하얗게 창백해져 실핏줄이 보인다
-끄흐읏,
신부가 힘겹게 숨을 고르더니 주기도문을 외운다
-하늘에 계신 우리 아버지 아버지의 이름이 거룩히 빛나시며 아버지의 나라가 오시며 아버지의 뜻이 하늘에서-
-으하하하하!! 염병하네!!
-사탄의 새끼들을 벌하시고 악마를 내쫓아주소서!!
-닥쳐!!
우리 둘 다 가운 뒤에 숨어 성폭행이나 해온 추악한 범죄자들이야!!
우리가 첫째고 너희가 그다음이야!!
우린 하나야!!
왜 우리만 악마고 너흰 신성불가침인데!!
너희야말로 이 세상이 악마라고 전혀 눈치채지 못하잖아!!
-우리를 욕보이는 저 악마들이 활개치지 못하게 하소서!!
-아냐!! 신은 모두를 포용하셔!!

모두에게 공평하신 거야!!
그래서 너희가 모시는 신은 가짜야!!
내가 계시를 받은 거야!!
나에게 마지막으로 이 모든 걸 바로잡을 기회를 주시겠다고!!
내가 모두를 새롭게 악으로부터 구원하겠어!!
-이제 그만 사탄은 너희가 있는 곳으로 돌아가!!
-돌아가라 돌아가라 하지 마!!
대체 어딜 자꾸 돌아가라고 이 빌어먹을 놈아!!
그럴수록 더 삐딱하게 군다는 거 몰라!!
우릴 마치 되바라진 녀석쯤 취급하는 거 짜증 난다고!!
너희가 우릴 엿 먹이니까!!
우리도 너흴 엿 먹인 거야!!
신부가 흐느낀다
-주님 이 악마를 물리쳐 주소서 흐읏,
-내 세계엔 악마가 없어!!
내 세계엔 배척이 없어!!
구속이 없어!!
비난이 없어!!
끄흑,
-주님 이 어린양에게 자비를 베푸소서 끅,
-자비를 바라지마!!
자비를 베풀지 않겠어!!
너희의 이기심으로 그동안 이 땅에 흘린 피를 봐!! 눈물을 봐!!
신의 이름으로 너희 모두를 불태워 죽이겠어!!
신부의 몸이 바르르 떨려온다
-흐으!?
신부가 남은 힘을 다해 소리친다
-어디서 한낱 이단 따위가 감히 누굴 능멸하는가!!

-철저하게 자기 이익만 계산하는 그 개새낀 뭔데!!
우릴 버렸듯이 너도 곧 버릴 거야!!
난 이제 다신 속지 않아!!
죽어 이 악마야!!
뒤져!!
뒤지라고!!
-끄흑,
신부의 몸이 심하게 떨린다
-깔깔깔깔깔!!
내가 거는 강력한 피의 저주가 이 땅의 폐부에 꽂혀 모든 악마가 말라 비틀어 죽을 때까지 몽땅 갈리고 찢겨 끝도 없이 피 흘려라!!
이 저주를 피할 수 없어!!
-커억,
-그 누구도 피 흘리지 않게 하겠어!!
이젠 내가 양들을 인도하겠어!!
퍽!!
신부가 쓰러지자 현수의 얼굴이 본래대로 돌아온다
-누가 태어나기 위해선 누가 죽어야만 하는 것
포켓에서 십자가 목걸이를 꺼내 목에 건다
-이걸로 나의 고해를 끝낼 거야
내 새로운 인생을 응원해 주길 바라
여기까지 내 고해를 들어줘서 고마워
그 보답으로 마지막 내가 너희에게 고해한 진짜 이유를 알려주고 마칠게
그때, 목에 건 써지컬 십자가 목걸이가 급격히 알레르기 반응을 유발한다
-그건, 그러니까,, 으음,,

현수가 말하다 말고 목을 긁기 시작한다
-그러니까,,
표정을 잔뜩 찡그리며 목을 세게 긁는다
-아, 안돼! 지금은 내가 다시 태어나는 순간이라고!
지금은 안돼!!
긁고 긁고 또 긁는다
하지만 증상이 가라앉긴커녕 목을 타고 머리 위로 번진다
-제길 아, 알았어! 내가 잘못했어!
아니야! 이 모든 건 나의 잘못이야!
내 잘못이라고! 다신 안 그럴 거야! 약속해!
제발 날 용서해 줘!!
화르륵-
-악!! 안돼!! 지금은 안된다고!!
끄흑,
고통을 못 견디고 십자가를 신경질적으로 쥐어뜯는다
딱!
목걸이가 끊어지며 축 늘어진다
현수가 끊어진 목걸이를 감추듯이 재빨리 포켓에 집어넣는다
-흐어,,
현수가 힘겹게 숨을 고른다
-이 순간까지,, 왜,,
아냐 괜찮아 여태껏 버텨왔잖아 마지막 순간이야!
이 순간만 넘어가면 돼!
현수가 재빨리 문을 열고 고해실을 뛰쳐나간다

서울
초대형 교회

현수가 잔뜩 상기되어 헐레벌떡 뛰어와 예배당의 문을 열고 안으로 들어간다
휘황찬란한 내부 조명이 예배당 전체를 비추고 이미 수천의 신도로 3층 객석까지 가득 차 안수식이 진행되는 새로운 목사 탄생의 순간에 장내가 들떠있다
우린 하나야!
우린 헤어질 수 없어!
나를 봐!
다시 만나는 우릴 봐!
이렇게 기쁨으로 하나 되어 만날 수 있는데!
우린 왜!
대체 왜!

곧 1층 중앙 복도로 예비 목사들이 걸어 나와 줄지어 선다
현수가 다급하게 뛰어가 줄 끝에 서서 긴장한 듯 주위를 둘러본다

나를 욕하지 마!
날 비난하지 마!
나를 외면하지 마!
이제 우린 같은 곳을 바라보고 같은 신을 모시는 똑같은 어린양이야!
그때처럼 다름이 아니라 이젠 하나고 우리야!
서로가 서로를 비난하며 구속할 필요 없어!
우리의 자유를 위해!

다시 태어날게!
그땐 의술로 너희를 이끌었다면 이젠 신앙으로 너희를 이끌 거야!
길 잃은 어린양들을 내가 인도할 수 있어!

헤매지 마!
나에게 오면 돼!
이곳이 길이었어!
우리 모두가 한곳을 바라보고 한곳을 향해 가는 길이야!
이젠 영원히 내 가운을 다신 벗지 않아!
장내에서 박수갈채가 쏟아진다
현수의 눈에서 뜨거운 눈물이 흘러나온다

예비 목사들이 대형 연단 위로 올라간다
현수가 따라 올라가 나란히 무릎 꿇고 손을 모아 눈을 감고 기도한다
담임 목사가 현수의 머리에 손을 얹는다
척,
또 다른 손이 얹힌다
척,

지금 이 순간 신께 맹세해
너희 죄를 사하는 목자가 되겠다고
너희가 나에게 한 모든 짓 난 이미 용서했어
내가 빨아줄 차례야!
맞아, 난 걸레를 좋아해!
이젠 내가 걸레가 되어줄 차례야!
다시 나에게 씻어!
내 가운에 씻어!

눈을 감은 현수의 머릿속에 지난날이 주마등처럼 스쳐 지나간다
고통스러웠던 지난날의 기억이 지나가고 한 가지 또렷하게 맺히는 모습이 있다

현수의 목에 기다란 적색 스톨이 둘린다
목사들이 현수의 팔을 붙잡고 천천히 일으켜 돌려세운다
현수가 수천의 신도와 마주 본다
장내에서 신도들이 박수 치며 새로운 목사의 탄생을 환영한다

난 잊지 않았어
치유가 필요하다는 말
그거 내가 해줄 수 있어
그때도 지금도 내가 해줄 거야
너희가 나를 욕하며 찾아온 이유를 알아
다시 해보자 새로운 모습으로 다시 해보는 거야
그래 더 욕해 더 더! 어서!
전부 받아들일게!
어둠이란 게 존재해야 비로소 빛이란 게 존재할 수 있듯
너희가 신을 굳게 믿기 위해선 그만큼 악마도 굳게 믿어야 할 테니!
악마를 욕하면 욕할수록 그만큼 신을 더욱 갈구할 테니!
그렇게 내 가운을 다시 찾아오겠지!

늦은 밤
현수의 원룸

현수가 고층에 위치한 원룸의 방 한가운데 서서 통창 유리 너머 검은 세상을 바라본다
tv조차 없는 조촐한 방에 침대와 옷장 책상과 옷걸이만이 있다
미안해 너희들에게 흥분하며 대든 거, 후회하고 있어
몰랐어, 마지막 과정이 필요했단 걸
다신 그렇게 하지 않을 거야 약속해

난 무사히 모든 과정을 끝마친 거 같아
이제 다시 다가와도 돼
그 모든 걸 이해하고 있어
늘 잊지 않고 꾸었던 좋은 꿈을 다시 이룰 것 같아
어쩌면 신은 단지 우리를 연결해 주는 가교뿐일지 몰라
난 신이 아니라 너희 앞에 다시 나가고 싶어 한 걸지도
너희가 우릴 다시 찾는 것처럼
현수가 방 한켠에 있는 스탠드 옷걸이로 걸어간다
옷걸이에 걸려있는 두 개의 옷 중 하얀 의사 가운을 집어 고이 접고는 바닥에 내리고 하얀 성직자 가운의 지퍼를 풀고 벗어 옷걸이에 건다
그리고 넥타이와 와이셔츠, 바지를 벗어 걸고 또 하나의 걸려있는 검은색 잠옷을 꺼내 입고 침대로 걸어가 잠을 청한다

하나였던 가운
의사 가운의 시초였던 성직자 가운
현수가 본디 하나였던 또 다른 가운으로 되돌아갔다
무의미함만을 남기며
그리고 누군가는 성직자 가운을 벗고 의사 가운으로 되돌아갈 것이다
현수의 인생과 사회를 우그러뜨리며 붕괴시키는 불필요했던 거대한 파열음만을 유발한 채
어쩌면 필연적으로 발생할 수밖에 없었던 변종 사회의 예견된 현상이었을지 모른다
그리고 찢어지는 마찰과 함께 분열되어 빠그라져 가는 상황은 지금도 지속되고 있다
앞으로도 그럴 것이다

6:66
현수의 침대 머리맡 탁자 위에 올려진 작은 탁상시계가 붉은색으로 6시 66분을 나타낸다
시계가 정지된 채 거리의 사람들이 멈춰있다
곧 탁상시계의 알람이 울리며 현수가 깨어난다
따사로운 아침 햇살이 창을 통해 현수를 비추자 기지개를 켜고 일어나 침대에 몸을 기댄다
그리고 옆에 있는 탁상시계를 보며 시간을 확인한다
잠이 덜 깬 듯 멍하니 쳐다보다 집중해서 다시 본다
6:66
팔을 뻗어 탁상시계를 부여잡고 멀뚱히 본다
이내 현수가 뭔가 알아챈 듯 흡족한 미소를 짓는다
멈춰있던 세계가 다시 움직인다

백 일 후

교회의 종소리가 울린다
교회의 정문 앞에 비둘기들이 무리 지어있다
현수가 다가가자 달아나듯이 날아간다
현수가 별로 개의치 않고 교회의 커다랗고 투박한 검은 철제 대문을 양팔로 밀고 들어가자 끼익 소리와 함께 문이 닫힌다
예배당으로 들어서자 순식간에 빛이 사그라지고 어둡게 변한다
앞쪽에 하얀 원피스를 입고 중단발을 단정히 빗어 내린 젊은 여성이 교회 벤치에 앉아 기도 중에 있다
현수가 가까이 다가간다
왼손에 낀 결혼반지가 살짝 빛난다
좀 더 가까이 다가가자 그녀에게서 은은한 체취가 풍긴다
그녀가 알아보고 인사를 한다

-안녕하세요 목사님
 목사님 식사하셨어요?
연갈색 슬리퍼 사이로 커피색 스타킹에 감싸여 유독 매끄러워 보이는 작고 희고 앙증맞은 발을 모으고 있다
-음, 갑자기 왜 이리 어두워졌지?
이상해진 분위기에 여성이 두리번거린다
-목사님 커피 있어요
그녀가 현수에게 텀블러에 타 온 커피를 종이컵에 따른다
 물론 난 거부하지 않을 것이다
 그리고 내 앞에 있는 이 작은 계집도!
현수가 대답 대신 미소를 지으며 건네받는다

 난,, 잊지 않고 있었어!

4번 케이지

사무실
사무실 1층 관리자실

반경 100m 농장 정중앙에 2층 흰색 사각형 사무실이 있다
관리자가 의자에 앉아 서류를 한 장 들고 검토한다
다시 앞에 있는 대형 모니터 화면을 마우스로 이리저리 돌려보며 무언가를 계속 확인한다
검열이 끝난 듯 서류를 들고 일어나 관리실 문을 열고 나간다

닭 축사
10×30m 규모의 케이지로 입구 밖에서 보는 기준 왼쪽 A 구역 오른쪽 B 구역으로 나뉜다
다시 한 구역은 1동 2동 3동 4동 5동씩 정렬돼 있고
한 동은 5×1×4m의 철망 케이스에
가로 1m 단위로 철판을 세워 나눈 5m짜리 밑판을
높이 40cm마다 끼워 넣어 총 10판을 깔고
상단 30cm 닭장과 하단 10cm 달걀받이장으로 나뉜 1×1×0.4m
20마리 입실 규모 철창 케이지를 총 50개를 끼워 넣었다
다시 이걸 높이 1m 목각 다이에 얹어 총 5×1×5m 크기다

이렇게 한 동당 천 마리 입실이 가능하여 한 구역에 오천 마리씩, 총 만 마리 닭이 폭 5미터 중앙 복도 사이로 마주 보며 가둬져 있다
케이지 입구 양쪽엔 대형 물탱크가 하나씩 설치되어 자동 급수설비를 갖췄고 복도에는 천장에 매달린 대형 모니터가 세 군데 양면으로 총 6대가 설치돼 있다
그리고 케이지 내부를 감시하기 위한 이동식 감시 카메라가 건물 곳곳에 설치돼 있다

젖소, 소, 돼지 축사
닭장 옆으로 35×35m 규모의 정사각형 축사가 젖소 소 돼지 순으로 지어져 있고
내부 형태는 폭 5m의 기다란 복도를 중심으로 10×12.5m 우리가 양쪽에 3실, 총 6실이 설치되어
한 우리당 15~20마리, 총 100마리가 입실해 있다
마찬가지로 감시 카메라가 곳곳에 설치돼 있다
이 모든 가축장은 입구 방향이 사무실을 향해 지어졌다

사무실 남쪽
닭 동

부릉-
하얀 1인용 미니카가 케이지의 중앙까지 들어온다
1m 60cm의 키에 덩치가 크고 인간처럼 이족보행이 가능한 암퇘지 한 마리가 하얀 와이셔츠 위로 검은색 깔맞춤한 정장 상의에 넥타이 정장 롱치마를 입고 검은색 단부츠를 신고 있다
관리자가 한 손에 채찍을 휘감아 들고 미니카에서 내린다
온몸이 하얀 닭들이 전부 무릎 꿇고 있다가 관리자의 등장에 긴장해서 일어서지만 몇몇 닭들은 여전히 무릎 꿇은 채 꾸벅꾸벅 졸고 있다

관리자가 채찍을 휘둘러 강하게 케이지를 때린다
휙- 휙- 휘릭- 빠캉!!
흔들흔들
-뿍!!!!
케이지가 흔들리며 무릎 꿇고 졸던 닭들까지 화들짝 놀라 기립해

전체가 바짝 경직되어 대답한다
-정신 차려, 이 닭대가리들아!!
닭들이 잔뜩 긴장하며 움츠려있다
잠시 기강을 잡은 관리자가 상의 포켓에서 리모컨을 꺼내 재생을 눌러 모니터에 영상을 송출한다

닭 한 마리가 자신의 케이지에서 허술하게 떨어져 나간 얇은 쇠창살을 붙잡고 그걸로 자신의 벼슬을 찔러 구멍을 내고 있다
벼슬에서 뿜어나오는 피가 닭의 얼굴에 묻어 흐른다
-조금만 더 하면 빡!
-그러다 네가 죽어!!
바로 옆의 닭이 놀라 소리친다
하지만 신경 쓰지 않고 계속 벼슬을 후빈다
-아니 대체 왜 그러는데 빡!!
-여기서 먼 남쪽 숲, 전설 속에 등장하는 의새가 빡!
 사자도 제압할 정도로 강력하대
 자유롭게 여기저기 날아다니며 놀고먹기도 한다고 빡!
-그건 그냥 전설이야!!
-아냐, 있어!
 온몸이 하얀 새랬어 빡!
-있다 해도 우린 그냥 닭이야!!
 정신 차려, 이 닭대가리야 빡!!
-아냐, 의새는 노력으로 만들어진댔어!
 이젠 의새 되기도 쉬워졌댔어!
 난 누구보다 쉽게 할 수 있어 빡!
 내 빨간 벼슬만 없애면 난 온몸이 하얘!
 그렇게 나도 의새 될 거야 빡!
닭의 몸이 자신의 피로 벌겋게 변해있다

옆에 닭이 말문이 막힌 채 휘둥그렇게 쳐다본다
관리자가 일시 정지를 눌러 영상을 멈춘다
-꿈꾸는 건 좋아!! 환영이야!!
 케이지 생활이 제법 따분할 거야!!
 하지만 망상은 안 돼!!
 꿈과 망상쯤은 구별하라고!!
 이 닭대가리들아!!
관리자가 a 구역 2동으로 걸어가 케이지에 뚫린 고무 홀에 팔을 쑥 넣자 좁은 닭장에 닭들이 흠칫하며 좌우로 밀착한다
팔을 더듬어 실신해 축 늘어져 있는 닭을 잡아들어 꺼내 미니카로 돌아가 후미 적재 칸에 실린 미니 드럼통에 던진다

다시 리모컨을 눌러 다음 영상을 송출한다
-뿍!!!!
닭 한 마리가 미친 듯이 비명을 지른다
그 닭 바로 뒤에 있는 닭이 어디서 날아온 긴 나뭇가지를 붙잡고 악마 닭이 되어 앞에 닭을 집중적으로 찌른다
 쿠욱!!
-뿍!!!! 뿍뿍뿍뿍!!!!
찔린 닭의 등에 피가 새어 나온다
-살려줘!!!!
 살려달라고 뿍!!!!
주변의 닭들이 공포에 질려 다들 움츠리며 못 본 척한다
좁은 케이지 안에서 늘상 벌어지는 서로 죽고 죽이는 치킨 게임이 벌어졌다
관리자가 영상을 멈춘다
불량 닭이 있는 a 구역 5동 케이지로 걸어가 고무 홀에 팔을 넣어 겁에 질려있는 닭과 나뭇가지를 꺼낸다

이제 막 케이지 생활을 시작한 비교적 몸집이 작은 영계인 걸 확인한다
-뭐야? 어린 새낀데??
관리자가 복도 중앙으로 걸어가 닭을 번쩍 들어 올린다
-잘 봐!!
이 닭의 부모 닭이 누군진 중요치 않아!!
이곳은 모두에게 공평한 케이지야!!
이런 쓰레기 닭은 필요 없다고!!
난 너희에게 정의가 살아있음을 보여주겠어!!
관리자가 닭과 나뭇가지를 각각 손에 들고 높이 치켜들어 제자리에서 천천히 한 바퀴 돌며 모두에게 보여준다
그러다 갑자기 한 손으로 닭의 고갤 젖혀 목구멍을 벌리곤 나뭇가지를 세워 쑥 꽂는다
-뻐억!! 뻑!! 뻑뻑!! 뻐거거걱!!
나뭇가지가 닭의 몸을 관통한다
닭이 격렬하게 몸부림치다 곧 축 늘어진다
그러곤 나뭇가지를 쭉 빼내어 둘 다 드럼통에 던지고 그 옆에 있는 미니 케이지를 들고 a 구역 5동 케이지로 돌아간다
다시 팔을 넣어 쓰러져있는 또 하나의 닭을 꺼내 미니 케이지의 앞문을 열어 안에 넣고 문을 닫는다
관리자가 복도 중앙으로 돌아가 미니 케이지를 높이 치켜든다
-이 닭은 우릴 위해 알 생산을 성실히 이행했어!!
우린 이 닭의 노고에 감사하고 있어!!
지금 당장 의무실로 이송시켜 상처 부위를 치료시켜 주겠어!!
그다음 충분한 안정을 찾을 때까지 1번 케이지에 단독 휴식을 줄 거야!!
힘없이 쓰러져있는 닭이 눈물을 흘린다
닭들이 감탄하며 말없이 박수를 친다

미니 케이지를 드럼통 옆에 싣는다

-마지막으로 무릎 꿇은 놈이야!!
가장 질 낮은 녀석이지!!
바로 우리 케이지 생활에 가장 방해되는 녀석이야!!
관리자가 리모컨을 조종하자 모니터에 무릎 꿇고 꾸벅꾸벅 조는 닭이 나온다
그 자세로 꼼짝하지 않고 눈만 끔벅대다 기어코 잠에 든다
관리자가 일시 정지 버튼을 누르고 다시 말한다
-내가 누누이 말하잖아!!
너흰 너희가 해야 할 일을 하라고!!
아주 대놓고 자더군!!
벌써 3일째야!!
이곳은 너희가 빈둥거리는 곳이 아니야!!
장소가 틀려!!
젠장, 배 째라는 식으로 굴지 말라고!!
많은 걸 바란 것도 아니야!!
우리가 너희를 먹여주고 재워주고 키워주고 지켜주면!!
딱 그만큼 반의반의 반의 노력으로 알만 낳으라고!!
이 닭 같은 놈들아!!
관리자가 열변을 토하는 가운데 그새 다시 슬슬 무릎 꿇고 조는 닭들이 눈에 띈다
-마지막까지 집중 안 해!!
쉬익- 빠캉!!
-뽁!!
닭들이 다시 기립한다
-대답 똑바로 안 해!!
다시 반대편을 때린다

쉬익- 빠캉!!
-뽁!!!!
-우리 모두를 위해서야!!
b 구역 3동으로 걸어가 케이지에 팔을 넣고 졸고 있는 닭의 모가지를 잡아 꺼낸다
그래도 정신 못 차리고 끔벅대자 닭에게 소리친다
-넌 왜 알을 못 낳아!!
네가 알을 낳아야 비로소 사람이 되는 거라고!!
-뽁뽁뽁뽁!!
닭이 잠깐 정신을 차리고 버둥댄다
-이것도 안 하면 너희는 사람도 아니야!!
-내가 언제 사람이 되고 싶다고 했는데 뽁!!
-닥쳐!!
잡고 있던 손에 힘을 준다
뚝!
닭의 목이 꺾이며 즉사한다
미니카로 걸어가 드럼통에 던지고 운전석에 앉아 밖으로 몰고 나간다

작업실

사무실 앞에 미니카에서 내려 미니 드럼통을 들고 관리실 옆 작업실로 들어간다
미니 드럼통에서 죽은 닭들을 꺼내 조리대에 올려진 스텐통에 담아 옆에 있는 튀김가루를 들이붓고 대충 버무린다
그리고 미리 기름을 끓여놓은 가마솥에 던지자 빠르게 튀겨진다
그 사이, 조리대 하단 수납장을 열어 큰 나무 포켓을 꺼내고 냉장고에서 각종 과일을 꺼내 수도에 깨끗이 씻어 도마 위에 올려 칼

로 잘게 조각을 낸다
다시 과일 조각들을 전부 포켓에 담고 뚜껑으로 덮는다

싱크대에서 컵에 온수를 받아 작업대에 올려놓고 바로 옆 바닥에 있는 저용량 극저온 액화 질소탱크의 뚜껑을 젖혀 동결된 작은 막대를 꺼내 다시 뚜껑을 닫고 컵에 집어넣어 녹인다
작업대에 올려진 공구함을 열고 50cm 되는 긴 인공 주입기와 긴 스트로우를 꺼낸다
잠깐 기다리고 충분히 녹자 막대를 꺼내 끝을 가위로 잘라 스트로우에 넣고 주입기를 밀어 넣어 막대를 스트로우 끝까지 밀어 세팅을 끝내고 공구함에 다시 넣는다
작업대 밑에서 장화를 꺼내 부츠를 벗어 갈아신고 작업대에 올려진 얇은 비닐 포장을 찢어 일회용 전신 비닐 작업복을 꺼내 펼쳐 입고 단추를 아래까지 잠근다

가마솥으로 가 불을 끄고 그새 튀겨진 닭을 집게로 집어 한쪽에 있는 분쇄기에 전부 옮기고 전원을 누른다
차르르르르르르르-
치킨이 잘게 조각이 되어 분쇄기 밑에 받쳐진 양동이에 담긴다
다시 전원을 끄고 양동이, 공구함, 포켓을 들어 작업실을 나간다

부릉-
관리자가 미니카를 타고 다시 닭 동으로 들어간다
미니카에서 내려 양동이를 들고 b 구역 4동 케이지로 걸어간다
-자 특식이야!!
지난주 가장 생산량이 좋았던 건 b 구역 4동이야!!
-치킨이다! 뺙!
b 구역 4동 닭들이 정신을 차리며 파뜩 일어선다

관리자가 대충 집어 케이지에 던진다
닭들이 급히 치킨을 부리로 집어 먹는다
-이거 정말 맛있어!
-매일같이 특식이 나오면 정말 좋을 텐데! 뿍!
치킨을 취식한 닭들의 스트레스가 한결 내려가며 주저앉은 무릎이 펴진다
다른 닭이 아쉬워한다
-우리도 치킨 먹고 싶어!
그러자 옆에 닭이 잔소리한다
-넌 좀 알이나 까고 얘기해! 뿍!
관리자는 채찍과 치킨을 적절히 이용할 줄 알았다
치킨을 전부 던져주곤 미니카를 타고 케이지 밖으로 빠져나간다

사무실 남동쪽
젖소 동

부릉-
미니카가 젖소 축사로 들어간다
관리자가 내려 적재 칸에 실은 공구함을 열어 어깨까지 오는 긴 일회용 비닐을 꺼내 양팔에 끼고 주입기를 꺼낸다
그대로 우리를 넘어 지정한 젖소를 찾아 젖소의 직장에 왼팔을 쑥 집어넣고 마구 돌린다
그러자 젖소가 대장의 뜬금없는 뭉클함에 참지 못하고 대변을 마구 싸재낀다
대변이 관리자의 왼팔을 타고 흘러내린다
관리자가 오른손에 쥔 주입기를 젖소의 질에 넣고 끝까지 밀어 넣는다
주입기가 전부 들어가자 밀대를 누른다

꾹,
주입기 속의 내용물이 젖소의 자궁 깊이 들어간다
-저년 더러워 죽겠네!
 또 똥 싸고 있어! 메레레레!
한 소가 불평을 한다
-놔둬, 저 언니 나이가 있는데
다른 소가 타이른다
-옘병, 언제까지 처낳으란 건데!
 빌어먹을 새끼들 먹여 살리자고 언제까지!
 씨팔 진짜 더럽네! 메레레레!

사무실 동쪽
소 동

부릉-
미니카가 소 축사로 들어간다
소들이 옥수수 여물을 되새김질하며 먹고 있다
대시보드에 올려놓은 서류를 한 번 더 검토하고 적재 칸으로 가 공구함을 열어 목줄을 꺼낸다
우리의 문을 열고 들어가 한쪽에서 혀를 길게 내밀어 미친 듯이 침 흘리고 있는 소에게 다가가 목에 목줄을 채우고 끌고 나온다
소가 극렬하게 반항하며 버티지만 관리자가 무력으로 제압해 우리 바깥으로 질질 끌고 나간다
-에이 씨팔, 밥 먹을 땐 개도 안 건드린다는데!
 밥맛, 확 떨어지게!
한 소가 불평을 한다
-거 마지막인데 밥이라도 배불리 먹여 보내면 안 되나!
 엿 같은 놈들! 메레레레!

다른 소도 불평한다
그러자 또 다른 소가 이미 돌아버린 소를 보고 외친다
-우린 한우야! 자부심을 가져!
끝까지 자긍심을 잃지 말라구!
이게 다 물 건너온 잡종들 때문이라니까! 메레레레!
관리자가 축사 바깥에 대기하고 있는 철창이 덮인 1톤 트럭에 소를 올려 태우고 철창을 닫고 적재 칸의 뒷문을 닫아 잠근다
그리고 트럭에서 조금 떨어져 운전석을 보고 팔을 들어 휘저으며 외친다
-오라이!!
관리자가 외치자 트럭이 출발한다

사무실 북동쪽
돼지 동

부릉-
미니카가 또 돼지 축사로 들어간다
관리자가 미니카에서 내려 공구함을 열고 주사기를 꺼낸다
그리고 돼지우리 안으로 들어가 지정한 돼지를 붙잡고 목덜미에 주사기를 꽂고 밀대를 누른다
꾹,
-꾸엑!
구제역 백신이 돼지에게 주입된다
그러자 돼지 목덜미에서 급격히 염증 반응이 유발되며 순식간에 손바닥만 한 크기로 커져 농이 생성된다
내용물이 전부 투입되자 주사기를 빼고 우리를 나가 빈 주사기를 드럼통에 던지고 미니카에 올라타 축사 밖으로 나간다
오전 작업을 대충 끝낸 관리자가 어딘가로 이동한다

-씨발년, 내 목에 대체 뭘 놓은 거지!
그러자 옆에 있던 돼지가 거든다
-너 미치지 말라는 거! 꾸욱!
-내가 미치긴 뭘 미쳐!
-모르지 네가 언제 발광 일으킬지 알어
여기다 똥오줌 흘리지 말라고
-내가 언제 흘렸냐!
그나저나 저 개같은 년은 동족한테 이 지랄이야!
저년은 어떻게 저렇게 큰 거야! 꾸욱!
-저년이 슈퍼 돼지야
-슈퍼 돼지라니?
-모르네, 여기 바다 건너 사는 어떤 족제비같이 생긴 동양인 노친네가 무슨 개같은 약을 발명했다더군
그걸 처맞으면 몸집이 커지고 성장이 빨라진다는 거야
각종 질병에도 면역이 강하다더군
심지어 두뇌도 좋아져 인간과 대화까지 가능하다더군
또 그 똑똑한 머리로 꾀를 낸다는 거야
-그 약으로 저렇게까지 된 경우는 들어본 적이 없는데? 꾹!
-저년이 기가 막히게 약이 받았단 거야
그게 막 태어날 때 주입하면 사망할 수 있고
커서 투약하면 약빨이 떨어진대
태어나서 조금 지났을 때 가장 순수한 형태에 주입시켜야
약빨이 그대로 받는다더군
저년은 그중에서도 특히 약빨이 극대화된 경우야
한데 딱 한 가지, 심각한 부작용이 있다는 거야 꾸욱!
-어떤 부작용??

관리자의 초능력으로 인해 이 가축장은 조류독감이나 광우병 구제역이 발생하기 전 위험 인자를 미리 솎아내거나 예방할 수 있었다
덕분에 매립장은 항시 부족했으나 사장에게 있어 관리자는 모든 것이라고 여길 정도로 끔찍이도 아꼈다
왜냐하면 자기 가족, 친구, 지인 그 누구도 자신에게 해주지 못하는 걸 유일하게 가능토록 해주는 이가 관리자였다
바로 돈을 벌어다 주는 것
사장은 농장 운영의 모든 걸 관리자에게 전적으로 위임했다

사무실 북쪽
격리동

이곳은 격리동으로 3×3m의 격리실이 3미터 중앙복도 사이로 양쪽에 10실, 총 20실로 이루어진 10×35m 규모의 건물이다
전염병이라는 확실한 진단이 없어도 상태가 이상하거나 무기력한 증상 또는 집단감염의 위험 인자가 있는 개체를 단독 또는 소수로 격리 수용하는 곳이다
관리자가 미니카에서 내려 적재 칸에 실린 미니 케이지와 포켓을 들고 격리실로 들어간다

어느 격리실 문을 열고 들어가자 바닥에 목초가 깔린 1번 케이지가 나온다
미니 케이지를 열어 닭을 꺼내 격리실에 내려준다
-의무팀을 불렀어, 곧 여기로 올 거야
 어쩌면 그곳에 입원해야 할지도 몰라
-고마워
-그럼 빨리 회복하길 바라

다른 격리실을 열고 들어간다
이곳엔 관리자의 어미가 있다
어미 돼지는 선택적 기억상실 장애를 겪고 있는 개체로 자신에게 괴로운 기억은 모조리 잊고 오로지 행복했던 기억만 남겨두는 정신 질환이다
그게 어미 돼지에게는 단 하나
딸을 낳아 길러 본 잠깐의 기억이다
그 기억이 늙어서도 딸 하나만은 똑바로 인지토록 했다
-엄마!
관리자가 밝게 웃으며 어미를 부른다
늙은 어미 돼지가 힘없이 누워있다 관리자를 보자 정신이 돌아온다
-이쁜 내 딸, 후후
-엄마, 몸은 좀 어때?
-엄마야 늘 똑같지
-엄마 진료 잘 받고 밥도 잊지 않고 챙겨 먹어
-그래 내 딸, 엄마가 여기 케이지에서 유일하게 기뻤던 게 널 낳았을 때였어
-히히, 엄마 이거
관리자가 포켓의 뚜껑을 열고 어미 앞에 내려놓는다
그러자 어미 돼지가 천천히 음식을 먹기 시작한다
그 사이, 관리자가 한쪽에 있는 대빗자루를 들어 바닥을 쓴다
새로울 게 없는 늘 반복되는 짧은 대화지만 관리자가 케이지 생활 중 유일하게 행복한 순간이 엄마를 찾을 때였다
어미 돼지 역시 늙고 병들어 많이 약해진 몸과 정신도 멀쩡하진 않지만 딱 한순간 오로지 딸만은 똑바로 알아보고 행복해했다
관리자가 더러워진 볏짚을 모아들고 밖으로 가지고 나가 버리고

새 볏짚을 가져와 바닥에 깐다

-후,
관리자가 관리실로 돌아와 의자에 편히 기대앉아 쉰다
그때 모니터에 닭 동 비상 알람이 들어온 게 보인다
눈이 휘둥그레지며 화면을 이리저리 돌려 닭 축사를 확인한다
닭 축사에 뭔가 이상이 발생한 걸 감지하자 쉬다 말고 일어나 허겁지겁 닭 축사로 빠르게 뛰어간다
닭장이 무너졌다

관리자가 닭 동으로 성큼성큼 들어와 무너진 닭장을 살핀다
a 구역 4동이 뒤로 넘어가 있다
무너진 닭장 여기저기서 비명이 터진다
-뿍뿍뿍뿍뿍뿍뿍뿍!!
-뿍뿍!! 빡빡!! 뿍뿍뿍 빡빡!!
무너진 닭장 주변에 달걀이 깨져 난장판이 됐다
다른 닭장에서도 닭들이 흥분해 일제히 방방 뛰고 소리를 지른다
-뿍뿍!!
-뿍뿍뿍뿍!!
관리자가 흥분해서 채찍을 강하게 휘두른다
슈욱- 빠캉!!
케이지가 흔들리며 요동친다
-닥쳐!!
-뿍뿍뿍뿍뿍!!
하지만 닭들이 더 흥분하여 더 크게 소리 지른다
한 번 더 반대편 케이지를 후린다
슈욱- 빠캉!!
-닥치라고!!

-뽝빡뽝빡!!
닭들이 도저히 진정하지 못한다
그중, 한 닭이 관리자에게 소리친다
-씨발!! 언제까지 순살로 처만들 건데!!
 우리 알이 깨졌어!!
 그리고 우리 알들은 대체 어디로 가는 건데!!
 이러면서 알 낳으라고!! 뽝!!
-조금만 기다려, 개선해 줄 테니까
-대체 언제!!
 언제까지 축사를 무너뜨릴 건데!!
 생각이 있어!! 없어!!
 이 닭대가리야!! 뽝!!
관리자가 찬찬히 닭을 쳐다보더니 케이지로 걸어가 고무 홀에 팔을 넣고 닭을 잡아 밖으로 끌어낸다
그리고 닭의 양쪽 날개를 펼쳐 잡고 말한다
-넌 날개가 있어도 어차피 날지 못하잖아
 그럴 바에 거추장스럽게 달린 것보다 없는 편이 훨씬 낫지
 그걸 접자고
 그럼 한결 편할 거야
 조금 아플 거야
 하지만 네가 이해를 해, 왜냐하면 젊을 땐 이렇게 아픈 경험은 누구나 다 거치는 거니까
 그렇게 성장하는 거야
그러면서 닭의 양쪽 날개를 잡은 손에 동시에 힘을 주어 한 번에 꺾어버린다
빠각!!
-빡!!!!
날개뼈가 무력에 의해 강제적으로 꺾여 부러진다

닭이 순간적인 고통에 기절하며 몸이 늘어진다

늘어진 닭을 다시 케이지에 넣으며 돌아서서 모든 닭을 향해 큰 소리로 외친다
-너희 같은 닭대가리들은 생각이란걸 하면 안 돼!!
 모자란 머리로 생각해 봐야 이곳에 도움은커녕 발전을 저해시키고 있어!!
반항하는 닭을 본보기로 후리자 닭들의 요란이 점차 줄어든다
하지만 어디선가 소리치는 게 들린다
-매번 축사가 무너지고 매번 알이 깨져!!
 알들은 또 어디로 가는 거야!!
 더 이상 알 낳지 않을 거야!! 뿍!!
그러자 다른 닭이 호응하며 소리친다
-맞아, 이제 알 같은 거 안 낳을 거야!! 뿍!!
 알은 어디로 가는데!!
닭들이 집단으로 알 생산을 거부했다

긴급 영상이 모니터에 송출된다
뉴스 속 남성 앵커가 우상단에 자료화면을 띄우며 대본을 외운다
-지금 같은 출산율 추세면 30년 내 북쪽에 침공을 당해,,
그러자 닭들이 오들오들 떤다
또 다른 뉴스를 내보낸다
여성 앵커가 대본을 외운다
-외국 교수가 말하길 저출산으로 인해 소멸의 위험성을,,
그러자 어느 닭이 말한다
-맞아, 외국 교수님은 달라!
 정말 똑똑해 뿍!
다른 닭이 동조한다

-역시 교수님이야! 뽁!

사무실
2층 사장실

내부 긴급 중대 회의가 열렸다
사장실 중앙 사각 테이블에 사장과 그 옆에 관리자가 앉아 있다
사장은 금발의 곱슬머리에 푸른 눈 위로 금테 안경을 끼고 하얀 와이셔츠에 연갈색 정장을 입고 갈색 넥타이와 갈색 구두를 신고 있다
-영상 틀었어?
-네, 틀긴 했는데,,
-왜??
-이젠 잘 안 먹혀요
-하,, 닭대가리들이 피곤하게 하네
 그래서 요즘 매출이 계속 주는 건가?
-그게,, 요즘 닭들이 도통 알을 안 까니
 자꾸 케이지가 무너지니까
 거기다 알의 행방에 계속 의구심을 가지고
-빠져서 그래, 더 세게 후리라고!
-그게 후릴 만큼 후리는데도 계속 주저앉아 꾸벅꾸벅 졸기만 하니,,
-그럼 어떡하지?
-근데 제가 생각해도 케이지가 허술해 보이긴 해요
 처음 지을 때 좀 튼튼하게 지어야겠어요
-아, 그걸 몰라서 이래?
 건축비가 당장 없는데 어쩌겠어!
-그럼 이렇게 하죠

-어떻게?
-정부에 마통 좀 땡겨달라고 하죠
그들이 급하게 요구하고 부채질해서 급조로 지은 게 시초니
우리에게도 마통 요구를 할 명분은 있잖아요
-정부에?? 얼마나?? 과연 줄까??
-당장 달걀 공급이 차질 빚으면 그들도 골치 아플걸요?
가정은커녕 급식조차 제공을 못 할 텐데요
아예 우유 고기 납품도 전부 끊어버리죠
그러면서 가격도 올려버리죠
사룟값 때문에 어쩔 수 없다면서요
우리가 무너지면 다 무너진다고 드러누워 버리는 거에요
바로 산하 양계장과 조직을 연합해서 실력 행사하죠
농사짓고 물고기 잡는 무지렁이 놈들도 연합하는데
우리라고 못 할 거 있나요?
가축협, 어때요?
-음,, 듣고 보니 그렇군
그럼 바로 시도해 볼까?
이참에 계획했던 걸 전부 실행하자고!
-그리고 아예 시각적으로 확 뇌리에 꽂히게끔 퍼포먼스도 벌이자고요!
-퍼포먼스!? 어떻게!?

서울
광화문 광장

광화문 광장에 수백 명의 노조원이 빨간 조끼에 빨간 띠를 두르고
각종 깃발을 치켜들고 총파업을 강행한다
그 앞 무대 위에 9명의 사내가 일렬로 서 있다

그 앞에 우유가 가득 든 큰 말통 두 개와 마이크가 놓인 작은 다이가 있고 다시 앞에 커다란 빈 드럼통 하나를 두고 허리에 손을 얹어 결연한 자세로 서 있다
정 가운데 있는 스포츠컷 반 대머리에 통통하고 땅딸막한 위원장이 엄숙한 표정으로 드럼통을 쳐다보다 곧 앞에 우유가 담긴 큰 말통을 집어 들고 무대 앞으로 걸어 나간다
그리고 대뜸 우유를 드럼통에 들이붓는다
콸콸콸콸콸콸콸콸!
콸콸콸콸콸콸콸콸!
전부 들이붓더니 빈 통을 옆에 던져버리고 다시 우유가 담긴 말통을 부여잡고 또다시 들이붓는다
콸콸콸콸콸콸콸콸!
콸콸콸콸콸콸콸콸!
전부 비우자 빈 통을 신경질적으로 또 던져버린다
그리고 마이크를 들고 한마디 한다
-이러다 다 죽어!!
-아!!!!

사장실

-에이!
착!
사장과 관리자가 앉아서 하이파이브를 한다
-크하 돌겠군, 크크크크
관리자도 따라 씩 웃는다
-크하하, 새끼들 쫄아가지고 바로 지원 약속하는데 하하!
역시 식량 인질극이 최고라니까
의료 인질은 안 받는다고 막 배짱도 부려

근데 안 먹으면 3일을 못 버티고 죽는데 어쩌겠어? 하하!
사장이 호탕하게 웃는다
관리자가 연신 따라 웃는다
-바로 공사 착공하자고!
근데 무릎 꿇고 조는 닭들이 계속 늘어나는데 뭐 좋은 방법 없을까?
꼴배기 싫어 죽겠네!
이제 건설도 시작할 텐데
투약하면 또 항생제 처맥인 거라고 옘병들 떨 테고
-음,, 저것들을 각성시켜야 할 것 같아요
-그런가?
-약 먹이는 건 이제 몸부림치면서 거부하니까
건설도 시작했으니 이참에 대대적인 분위기 쇄신 들어가죠
알 생산 거부 운동이 확산되기 전에 빠르게 조치하는 거예요
-어떻게??
-다른 가축장 1번 케이지 이쁜 닭들 좀 뽑는 거예요!
-이쁜 닭이라니??

관리실의 스피커를 통해 사장이 말한다
-큐!
관리자가 사장의 지시를 받고 재생 버튼을 누른다
닭장의 대형 모니터에 글자가 나타난다
뉴타운 운동★
화면이 바뀌며 케이지의 뼈대끼리 텅텅 결합하고 수십층으로 높게 쌓이는 하나의 거대한 케이지의 영상이 웅장한 음악과 함께 흘러나온다
두강 조망권 초고층 케이지★
꼭대기 층 케이지에서 두강을 바라보며 롱드레스를 입은 암탉이

도도한 자세로 한쪽 날개론 몸을 감싸고 한쪽 날개론 잔을 들고 커피를 마신다
50% 확장 케이지★
그러다 천천히 케이지를 한 바퀴 돌더니 눈을 지그시 감으며 입가에 살짝 미소를 짓고 만족스러운 포즈를 취한다
혁신적인 농장 시스템★
이어서 가축장에서부터 시작하는 도로 건설이 보이며 바다가 보이는 고속도로의 끝에 대형 건물의 모습이 보인다
닭들이 신기한 듯 쳐다보며 감탄한다
-뽁,,,,

-부어!
사장의 지시를 받자 관리자가 급수 버튼을 누른다
그러자 케이지 내부 자동 급수기에서 대량의 커피가 급수통으로 흘러 들어간다
꾸벅꾸벅 졸던 닭들이 처음 보는 갈색의 음료에 낯설어하다 신기해하며 조심스레 마셔본다
-추읍 추읍 꿀꺽!
-춥춥춥춥, 뽁?
처음 느껴보는 맛에 어리둥절하지만 곧 커피의 달콤함에 빠져들며 본격적으로 흡입한다
-츄르릅 츄르릅 츄르릅 츄르릅
커피 속의 카페인이 닭들에게 빠르게 퍼진다
-뽁!!
-뽁뽁뽁뽁!!
닭들이 순간적으로 각성하며 여기저기서 무릎을 펴고 벌떡 일어선다
한 닭이 좁은 케이지에서 파닥거리며 소리친다

-이것 봐!!
 난 이 세상에 무릎 꿇은 게 아니라니까!!
 잠깐 쉬었던 것뿐이라고 내가 말했잖아!! 뻑!!
아직 일어서지 못한 닭들이 신기한 듯 쳐다본다

커피를 마시면서 닭들이 수다를 떤다
-고속도로가 지어질 거래!
 우리가 그곳을 신나게 달릴 거라는데?
-진짜? 잘됐다 뻑!
 그렇지 않아도 케이지 안에만 있으려니 미칠 거 같았는데
-어떤 건물도 세워질 거래!
-정말이야? 대단해!
 아무튼 일 하나는 저 양반이 기가 막히다니까 뻑!
-3번 케이지도 들어설 거래!
-몇 층짜리?
-49층짜리라는데 뻑?
닭들이 기대감에 들떠 흥분한다

분위기가 좋은 틈을 타 관리자가 잽싸게 닭장으로 이동한다
관리자가 한 가운데서 차분히 말한다
-가축장이 너희를 원해!!
 우리가 너희를 케이지 안에서 먹여주고 재워주고 짐승들한테 보호해 주면 할 일을 해!!
 최소한 알이라도 낳으라는 거야!!
 그것도 안 하면 너희는 사람도 아니야!!
 언제까지 닭대가리 소리 들으면서 살래!!
 뭐 대단한 거라도 해달래??
 그냥 식수 마시고 사료 먹고 더울 땐 에어컨 틀어주고 추울 땐 난

방 가동해 주는 세금만 내라는 건데!!
케이지 운영은 해야 할 거 아냐!!
산에 들어가 살래??
고속도로가 완공되면 드라이브도 시켜줄 거야!!
그곳에 있는 멋진 건물에 너희 알들이 살아가!!
가서 두 눈으로 직접 확인해 보면 알 거 아냐!!
다만 무료는 아니야!!
인간적으로 기름값은 내야 할 거 아냐!!
관리자의 말을 가만히 듣던 닭들이 대화한다
-딱히 틀린 말도 아니군
우리가 쓰는 건 내야겠지 뿍,
-그렇긴 한데 우리가 언제 사람이 되고 싶다고 했지?
사람이 돼서 또 뭐 할 건데 뿍?
쟤는 자기가 사람이라고 생각하나 봐?

사장실

-아자!
착!
사장과 관리자가 앉아서 하이파이브를 한다
-이것 봐 닭대가리들이라니까!
크크 재밌군!
한데 젠장, 비싸게 우유 처팔면서 파업한다고 옘병들 하네!
무슨 좋은 방법 없을까??
-수입하죠!
-수입이라니??

한 달 후

북서쪽 대형 창고

구우우웅-
아침부터 연신 지게차가 대형 화물트럭 적재 칸에 가득 실린 수입 우유를 파렛트째 들어 창고에 이적 작업을 하고 있다
현장에서 사장과 관리자가 작업을 지켜본다
짝!
둘이 하이파이브를 한다
현장 소음 때문에 사장이 음성을 높인다
-이것 좀 봐!
매출이 미친 듯이 늘고 있어!
젖소들 갖다버려도 되겠는데! 크하!
-하하하하하!
-근데 말이야!
저 새끼들 알 거부 운동이 심각해!
아직도 매출이 회복이 안 돼!
돈 써서 기껏 케이지 지었는데 안 낳으면 안 되잖아!
-수입하죠!
-수입?? 또??
계속 수입해도 돼??
-어차피 다있어 가면 전부 외산이에요!
요즘은 국산 쓰는 게 바보죠!
-그래!?
근데 달걀도 수입 가능한가?? 오다가 다 썩을 텐데??
-당연히 안되죠!
-그런데!?
-하지만 되는 게 있죠!
-되는 게 있다고!? 뭔데 그게!?

한 달 후
닭 동

a 구역 3동에 기존 닭을 전부 폐사시키고 새로운 닭들이 입실해 있다
이 닭들은 기존 닭에 비해 체구가 살짝 작고 피부가 까무잡잡하다
새로운 닭들의 등장에 기존 닭들이 낯설어한다
-걔네는 뭐지 뻑?
-누구야 걔넨?
닭들이 웅성거린다
새로운 닭들도 쭈뼛거리며 쉽게 적응을 못 한다
서로가 서로를 의식해서인지 알 생산에 집중을 못 해 당일 생산량이 현격히 떨어졌다

사장실

-닭들 상황은 어때?
-이질감 느끼는 거 같아요
-그래?
 젠장, 닭대가리들이 이질감도 느끼는군
 생산량이 미친 듯이 떨어지는군!
 어떡하지??
-이미 한 케이지를 공유하기 시작했어요
 정서적으로 섞이지 못해서일 거예요
-그래?? 그럼 어떡해??

대형 모니터에 글자가 나타난다

다가축 문화★
화면이 바뀌고 병아리가 어미 닭을 이역만리 찾아 결국 상봉하는 영상이 틀어진다
두 모자가 상봉하며 끌어안자 여기저기서 닭들이 울음을 터뜨리며 눈물바다가 된다
-훌쩍 감동이야,, 뿍,
또 다른 어떤 닭은 눈망울을 뚱글린다
-이걸 보게 되다니 감동,,
또 다른 닭도 감격한다
-항상 저들을 응원할 거야!
나의 작은 응원이 저들에게 작은 힘이라도 되길 뿍!

사장실

-아자!!
착!!
사장과 관리자가 하이파이브를 하고 자리에 앉는다
-크하,, 크크 재밌군!
걔네는 생각하면 안 돼! 골치 아파진다고! 크크
관리자가 따라 웃는다
-3번 케이지가 완공되면 그때 합사시키죠!
피 섞어버리는 거예요!
-피를 섞는다!?
-닭대가리들이 도저히 알을 안 까니 정체성을 아예 없애버리죠!
밑바닥부터 피를 섞어버리는 거예요!
자기들이 국산 닭이라고 하도 옘병 떠니!
-하하하!
미치겠군 크크!

어떻게 이런 생각을!?
난 벌써 기대돼!
-하하하하하!
-자, 가자고!
오늘은 스시 어때?
둘이 같이 일어선다
사장이 안주머니에서 지갑을 꺼내 100달러 지폐를 다발로 집어 급히 관리자의 상의 포켓에 꽂아 준다
-어머, 아이참 사장님도
안 이러셔도 되는데
-했으니까 주는 거야! 넣어 둬!

어느새, 단순하고 짧은 1차선 고속도로가 완공됐다
고속도로와 건물의 영상이 대형 모니터를 통해 흘러나온다
그걸 보자 닭들이 감탄한다
-우리 가축장에도 고속도로가 지어지다니!
-건물이 올라가는 것도 보여!
관리자가 복도에서 말한다
-자, 고속도로 건설이 끝났어!
답답한 케이지를 벗어나 어디 마음껏 달려봐!
그리고 늘 궁금해했던 너희들 알도 가서 확인해 보라고!
첫 번째 탑승 명단이야!
딱 다섯 케이지, 백 마리야!
호명하는 케이지 닭들은 나올 준비해!
-와,, 우리가 케이지를 벗어나다니! 뽁!
닭들에게서 일제히 탄성이 나온다

호명된 케이지 닭들이 1톤 철망 트럭에 실렸다

들뜬 닭들이 기뻐하며 흥분한다
-내 생에 고속도로를 질주할 줄이야!
우리 알도 빨리 보고 싶어!
그곳에서 잘 지내고 있겠지?
-대단해, 앞으로 가축장은 영원히 저 양반이 맡아주면 좋겠어!
뿍!
부르르릉-
닭들을 실은 1톤이 출발한다

하지만 늦은 밤이 돼도 닭들이 돌아오지 않자 케이지 닭들이 궁금해한다
-왜 안 돌아와?
-글쎄 너무 감격해서 더 있고 싶은가 봐 뿍!
-아 그런가?
하긴, 나라도 그럴 것 같아 뿍!
모니터에 나오는 바닷가 건물에서 숙식하는 거겠지?
아, 나도 빨리 가보고 싶어 뿍!
-기다려봐 차례가 오겠지, 그러니 알 열심히 까라고 뿍!
바닥에 떨어진 매출이 다시 서서히 오르며 한동안 닭들이 고속도로를 달려 건물로 이동한다

한 달 후

탁탁, 탁탁탁, 탁탁탁탁
관리자가 늦은 새벽까지 모니터를 보며 동영상을 편집하고 있다
-후움,
피곤함이 갑자기 쏟아지자 행동이 굼떠지며 자신도 모르게 의자에 등을 기대 잠시 눈을 붙인다

커피에 중독된 닭들이 아직도 커피를 마시며 잠을 안 자고 깨어있다
와캉캉!!
-뽁!!!!!!!!!!!!!!!
느닷없이 또 케이지가 무너졌다
닭들이 무너지는 케이지와 함께 뒤로 넘어갔다
-뽁뽁뽁뽁뽁뽁뽁뽁뽁뽁!!!!
-뽁뽁뽁뽁!!!! 빡빡빡빡!!!!
-뽁빡뽁빡뽁빡!!!! 뽁뽁빡빡!!!!
무너진 케이지 안에서 닭들이 날개를 버둥대고 난리를 치며 미친듯이 소리친다
다른 케이지의 닭들도 놀라 흥분해 여기저기서 소리친다
-씨발놈들!! 우리한테 이러는 이유가 뭐야 대체!!
-우린 마음대로 죽지도 못해 뽁!!
-차라리 이렇게 죽자!!
-이리 죽든 저리 죽든 어차피 죽을 운명인데 알 낳지 말자!!
-알 낳아서 우리 새끼들이 대체 어디로 가는 건데!!
-우리의 고혈을 야금야금 빨리고 있어!!
-살려줘!! 살려달라고!! 뽁!!
-이곳에서 나가게 해줘!!
-이곳에서 나가봐야 그 건물이야!!
그것도 우릴 속인 거래!!
-어떻게??
-공장이래!!
-공장?? 무슨 공장??
-우릴 갈아버리는 공장이래!!
-에그머니!! 어떻게??

-털을 다 뽑아버리고 머릴 쳐낸 다음 조각낸대!!
 날개 다리 목 심지어 껍질까지 벗긴대!!
 가슴까지 도려낸다는 거야 뽁!!
-가슴?? 돌겠군!!
-그것도 귀찮으면 분쇄기에 던져버린대!!
 무슨 가래떡처럼 뽑는다는 거야!!
 미친놈들이 왜 그러는지 밤에도 처 안 자고 불을 켜고 우릴 족친
 다는데!!
-그만해!! 아까 먹은 사료가 올라오겠어!!
-그것도 모자라서 물에 넣고 끓이질 않나, 기름에 넣고 튀기질 않
 나
 다 되면 술 마시면서 즐긴다던데!!
-그만하라고!! 뽁!!
닭들이 극도로 흥분하여 팔딱팔딱 뛰고 케이지를 흔든다
곧 케이지 전체에서 만 마리의 닭이 일제히 따라 한다
닭들이 절규하며 요동친다
-빌어먹을 새끼들!! 뽁!!
-개새끼들!!!!

오전 10시
관리실

 띠리링- 띠리링- 띠리링- 띠리링- 띠리링-
-음..?
팩스 수신음 소리에 관리자가 부스스 눈을 뜬다
 찌직- 찌직- 찌직- 찌직- 찌이익-
모니터 왼편에 있는 복합기에 사장이 송신한 한 장의 팩스가 출력
돼 있다

관리자가 멀뚱히 바라보다 서류를 집어 읽는다
 금일 살처분..?
 나랑 상의도 없이?
계속 읽어 내려가다 무언가에 놀라 정신이 확 깨며 눈이 휘둥그레진다
 -격리동 전원-
그제야 모니터에 들어온 닭 동 비상 알람이 눈에 보인다
관리자가 관리실 문을 박차고 뛰쳐나간다

관리자가 사장실로 뛰어 들어간다
-잠깐만요!!
 제 어머니 어디로 가는 거예요!!
사장이 테이블에서 일어선다
-왜 그래!!
 왜 신경질이야!!
 네 엄마 이제 편하게 해드리려는 거야!!
 언제까지 대소변도 못 가리는 걸 놔둬야 하는데!!
-엄마는 그래도 건강하세요!!
 뒤처리는 제가 다 하잖아요!!
-그럼 사룟값은!! 운영비는!!
 그건 누가 대는데!!
 3번 케이지 신설 비용은 어쩔 건데!!
 매출이 바닥에서 기고 있는 거 너도 알잖아!!
 발어먹을!! 이러면 3번 케이지 착공이 머뭇거려진다고!!
 네가 케이지 관리만 똑바로 했으면 이런 일 없었잖아!!
 젠장!! 닭대가리들 처자는 걸 막는 게 네 일인데!!
 왜 네가 처자고 있는 건데!!
 자유를 줬으면 네가 할 일은 하고 처놀란 말이야!!

-놀지 않았어요!!
저도 모르게 자꾸 졸음이 쏟아지는데 어떡합니까!!
-그럼 약을 처먹어!!
아니면 커피라도 처마시던가!!
넌 커피 안 처마시고 뭐 했어!!
-사장님 제발, 어머니는 안 돼요!!
어머니는 구제역이 아니세요!!
그냥 연로하셔서 기억력이 많이 약해진 거뿐이에요!!
돼지 중에 그래도 말썽 피우진 않으셨어요!!
사장에게 다가가 팔을 붙잡고 애원한다
-놔!! 어디서 감히 돼지 년이!!
사장이 팔을 뿌리치며 확 밀친다
관리자가 떠밀려 뒤로 넘어간다
사장이 핸드폰을 꺼내 어딘가로 전화한다
띠리리리리- 띠리리리리-
띠릭,
-당장 오늘 중으로 파!!
-오늘은 안 됩니다, 자리가 없어요!
-네가 서 있는 곳이 내 땅이고 네 눈에 보이는 전부가 내 땅이야!!
미친 돼지들 묻는데 뭔 자리를 따지냐!!
닥치고 지금 당장 파라고!!
띠릭,
사장이 전화를 끊는다
-그동안 네 엄마 살려준 걸 고맙다고는 못할망정 어디서 행패를 부려 이 쌍년이!!
오냐오냐해주니까 네가 이젠 사람으로 착각하는 거야 뭐야!!
넌 그냥 돼지일 뿐이야!!
돼지면 돼지답게 굴어!!

 이 좆같은 돼지 년아!!
바닥에 주저앉은 관리자가 망연자실한 표정으로 사장을 쳐다보다 허둥지둥 일어나 밖으로 헐레벌떡 뛰어나간다

격리동 앞, 철망이 씌워진 10톤 트럭이 주차돼 있고 이미 적재 칸 위로 젖소 10, 소 10, 돼지 20마리가 가득 실려있다
관리자가 트럭 가까이 달려간다
-엄마!!
소리치며 트럭에서 빠르게 어미 돼지를 찾는다
트럭 끝에 어미가 갇혀있다
-엄마!!
-후후, 이쁜 내 딸
-엄마!!
-엄마가 케이지에서 제일 잘한 게 너를 낳은 거였어
-엄마 사랑해요!! 엄마 낳아주셔서 고마워요!!
 엄마 딸로 태어나서 너무너무 행복했어요!!
-엄마도 내 딸을 너무너무 사랑하는구나, 내 자랑스러운 딸
트럭이 시동을 켜자 차가 부르르 떨린다
그리고 곧장 출발한다
관리자가 뒤를 따라가다 곧 멈춰 선다

 슈욱- 빠캉!! 슈욱- 빠캉!! 슈욱- 빠캉!!
 흔들흔들
관리자가 화가 치밀어 연신 케이지를 후린다
하지만 닭들은 이미 모두 지쳐 케이지 안에서 무릎 꿇은 채 미동조차 없다
-이 닭대가리들아!! 일어서!! 알을 까!! 알을 까라고!!
여전히 닭들은 조용하다

슈욱- 빠캉!!
반사적으로 몇몇 닭이 일어선다
하지만 금세 다시 주저앉고 만다
-이 하찮은 닭새끼들아!!
뭐라도 하라고!!
제발 뭐라도 해!!
끄흑,
관리자가 분노와 좌절감에 휩싸여 몸이 부르르 떨린다
그때 한 닭이 관리자에게 말한다
-우릴 뛰어내리게 해줘
-응??
-우릴 뛰어내리게 해달라고
우리가 하고 싶은 건 그것뿐이야
-어째서!?
-죽고 싶으니까
이렇게 살고 싶지 않아
-너흰 거기서 뛰어내려 봐야 죽지도 못해!
-닥쳐!!
죽고 사는 것만은 우리가 결정하겠어!! 뿍!!

늦은 오후
사무실 앞

사장이 시동이 걸린 검은색 중형차 앞에서 퇴근 준비를 한다
-닭들 상황은 어때?
-나쁘지 않은 거 같아요
-그래?
거봐, 닭대가리들이라니까

아깐 내가 말이 좀 심했는데, 쟤네가 알 생산 거부한다고 해서 언제까지 3번 케이지 신설을 미룰 순 없으니까
이제 곧 케이지도 들어설 건데
나도 요새 신경이 너무 곤두섰던 거야
마음에 담지 않았으면 좋겠네
아무튼 오늘 닭장 좀 신경 쓰라고
-네,
말을 마친 사장이 차에 올라타 라이트를 켠다
-아참, 사장님!
-왜?
-닭들이 뛰어내리고 싶다는데요?
-왜 갑자기?
-이젠 스트레스가 한계에 달한 것 같아요!
-그럼 어떡하지?
-뛰어내리게 해주죠!
-!!
-문을 따주고 전부 뛰어내리게 해주는 겁니다!
그럼 난각번호 1번을 찍는 데 법적으로 전혀 문제가 없어요!
-그래??
-그럼 가격을 더 올려받을 수도 있고요!
-그렇군!
어디 알아서 해봐!
사장이 지시를 내리고 바로 출발한다
사장이 농장 밖으로 나간 걸 확인하자 작업실로 걸어가 커다란 오함마를 들고나온다

관리자가 복도 중앙에 오함마를 들고 서 있다
-뛰어내려 봐!!

닭들이 대꾸도 하지 않고 조용히 있다
-뛰어내려 보라고!!
계속 엉뚱한 소리를 외치자 닭들이 의아스럽게 쳐다본다
-죽고 사는 건 너희가 결정하겠다고 했지!!
해봐!!
닭들이 어리둥절해한다
-지금부터 뛰어내리게 해줄게!!
관리자가 케이지로 걸어가 고무 홀 위에 걸려있는 빗장 시건장치를 젖혀 케이지를 앞으로 확 빼낸다
그러자 케이지 안에 있던 닭들이 허공에 붕 떠서 날아간다
계속해서 손에 잡히는 대로 케이지를 빼내자 닭들이 허공을 날아다닌다
빠져나와 어리둥절해하는 닭들을 관리자가 붙잡아 아무 곳에 계속 높이 집어 던지자 닭들이 정신 차리고 삐져나온 케이지와 급수통을 밟고 올라가며 보이는 대로 케이지의 시건장치를 부리로 물고 푼다
-어서 밀어!! 뻑!!
케이지 안에서 한 닭이 외치자 닭들이 힘을 합쳐 케이지를 몸으로 밀고 조금씩 케이지가 밀리며 빠져나올 공간이 생기자 몸을 비집고 나와 공중으로 날아간다
정신없이 닭들이 쏟아져 나오고 날아다니며 닭장이 난장판이 됐다
그런 닭들에게 바쁘게 행동하던 관리자가 잠깐 멈춰 소리친다
-여기서 곧장 남쪽으로 가!!
자유를 보장하는 곳이 있다고 들었어!!
너희도 한번 날개를 펴고 살아봐!!
땅을 밟고 말이야!!
옆에서 한 닭이 관리자를 보고 말한다

-너도 우리와 같이 가
-아니야, 난 내가 저지른 일을 마무리 지어야 해
 어서 가! 인간들이 돌아올지 몰라!
 그곳에선 땅에 발을 붙이고 살든 날아다니며 살든 너희 하고 싶은 대로 해봐!
닭이 잠시 관리자를 바라보다 이윽고 케이지 밖으로 날개를 퍼덕이며 달려 나간다

관리자가 텅 빈 케이지를 쳐다본다
-빌어먹을, 처음부터 무너질 케이지였어!!
 버티질 못했다고!!
 내가 말했잖아!!
 끄흑,
관리자의 울화가 터지며 케이지로 걸어가 오함마를 높이 치켜들어 목각 다이에 휘두른다
 쉬익- 뻐걱!!
목각이 부숴지며 꺾인다
케이지를 지지하는 다른 목각도 까부순다
 쉬익- 뻐걱!!
목각이 부서지며 케이지가 앞으로 고꾸라진다
 카장창!!
관리자가 목각 다이를 전부 까부수며 나간다
 뻐걱!! 뻐걱!!
 카장창!!
 뻐걱!! 뻐걱!!
 카장창!!

닭 동 앞에서 관리자가 신경질적으로 오함마를 집어 던진다

땅에 발을 붙이고 산다?
아까 자신이 무심코 한 말을 머릿속에 되뇌며 잠시 생각하다 부츠를 벗는다
몸에 걸친 옷도 전부 벗어버린다
그리고 천천히 몸을 수그리며 앞발을 땅에 붙인다
이젠 기억조차 나지 않는 사족보행 자세가 어색하지만 딱히 싫지도 않다
코에 닿는 흙내음마저 처음 맡아보는 것처럼 새롭게 느껴지기까지 한다
그 자세로 몇 걸음 주위를 걷는다
땅에 발을 딛는 감촉이 이상하게 나쁘지 않다
불현듯 아기 돼지 시절 엄마 품으로 파고들던 기억이 주마등처럼 스쳤다
그리고 무언가 결심한 듯 농장의 서쪽 입구 밖으로 전속력으로 달려간다

야간
살처분 구역

수개의 대형 스탠딩 라이트가 살처분 장소에 대낮처럼 불을 켜고 있다
급조시킨 구덩이가 공간이 없어 수풀 사이에 억지로 사각의 공간을 겨우 만들었지만 확연히 엉성해 보인다
사장의 요구에 쫓겨 깊게 파지도 못했다
구덩이 벽엔 채 제거되지도 않은 굵은 나무뿌리들이 뒤엉겨 삐져나와 있다
그 안으로 가축들이 축 늘어져 있다
구덩이 앞에서 청재킷 청바지에 청모자를 눌러쓰고 검은 구두를

신은 장년의 포클레인 기사가 담배를 태우고 있다
-씨발놈, 자리 없다는 데도
담배를 다 태우자 바닥에 버려 발로 비벼 끄고는 포클레인으로 걸어간다
퍽!!
관리자가 있는 힘껏 인부를 들이받았다
인부가 비틀거리며 구덩이로 떨어진다
-꾸에엑, 꾸엑!
-메레레레!
인부가 구덩이 안으로 떨어지자 구덩이 속 가축들이 갑자기 요동을 치며 발광한다
인부가 가축들에게 밟혀 아래로 가라앉는다
관리자가 구덩이 앞에서 연신 무언가를 찾는다
-엄마!!
엄마 나야!! 엄마 어딨어!!
하지만 집단 발광에 가려 어미의 모습이 도저히 보이질 않는다
-엄마 나야!! 엄마!!
탕!!!!
-윽!!
등 뒤에 총을 맞자 그대로 선 채 바르르 떨고 있다
그런 관리자에게 사장이 가까이 다가간다
-좆같은 씨발 돼지년
내가 말했지, 돼지면 돼지답게 굴라고
네가 뭘 할 수 있을 거라고 생각한건데?
농장 안에 백 개의 카메라가 설치된 걸 잊은 거야 뭐야
매일 네가 들여다보는 거잖아
관리자가 눈을 부라리며 고개를 겨우 돌려 사장을 쳐다본다
탕!!!!

-후욱!!
이번엔 옆구리를 쏘자 빨간 피가 급하게 쏟아진다
-뭘 야려 이 쌍년아!!
여태껏 먹여주고 재워주고 남들과는 다르게 슈퍼 돼지로도 만들어 줬더니 은혜를 원수로 갚아!!
관리자가 비틀거리며 쓰러진다
쑥!!
그때 구덩이 속 가축들 틈에서 어느 돼지가 위로 다리를 뻗는다
그리고 다른 다리도 뻗어 다른 가축들을 딛고 몸을 위로 올린다
-이 씨발 돼지야!!
대체 뭐가 그리도 불만인 건데!!
우리 그동안 잘 지냈잖아!!
너 진짜 네가 인간이라고 생각해 왔던 거야 뭐야!!
위로 올라온 어미 돼지가 가축들을 밟고 벽으로 이동한다
-후욱,
관리자가 말없이 게슴츠레한 눈빛으로 사장의 말을 가만히 듣고 있다
-넌 재주 많은 원숭이일지는 모르나 난 원숭이를 부리는 조련사야!!
누가 더 똑똑할까!!
어미 돼지가 벽에 삐져나온 굵게 뻗은 넝쿨을 이빨로 물고 붙잡아 사력을 다해 넝쿨을 타고 구덩이를 오른다
-다시 시작할 게
전보다 더 크고 더 높게 더 넓게 지을 거야
이번에 손해 본 거 전부 만회해야 하니까
물론 너 같은 꼬봉 하나 또 만들어야겠지
크크크크크크크크
아참, 케이지 무너진 거?

딱히 손해도 안 봤어
버러지들 정리 좀 하려고 연기 좀 한 거야
근데 난 네가 이렇게까지 날뛸 줄은 몰랐지
어때 재밌지? 크크
이제 죽어
사장이 권총을 쓰러진 관리자에게 겨눈다
-날 왜 이렇게 만든 거지?
-크크, 간단한 거야
사람이 돼지가 되고 돼지가 사람이 되는 것
그게 바로 자본주의야
난 필요하다면 널 신처럼 만들고 떠받들 수도 있어
널 사람으로 만들기 위해 너한테 쏟아부은 돈이 어마어마했는데
이렇게 되니 정말 아깝군
다신 너 정도의 초능력적인 존재는 뽑지 못할 거 같아
퍽!!
어미 돼지가 전력으로 달려 사장을 들이받자 나동그라지며 쓰러진다
그걸 본 관리자가 마지막 남은 힘을 다해 사장의 손목을 물고 구덩이 속으로 끌고 가 같이 떨어진다
-쿠에엑, 쿠에엑, 쿠에에엑!!
-메레레레!!
또 무언가 떨어지자 잠잠해진 가축들이 다시 미친 듯이 발광한다
사장이 가축들에게 밟혀 밑으로 가라앉는다
어미 돼지가 구덩이 속 딸을 바라본다
딸이 그런 엄마를 미소 지으며 쳐다본다
어미 돼지가 몸을 떨고 입안에서 피를 흘리며 힘겹게 말한다
-내,, 이쁜 딸,,
내가,, 케이지에서,, 유일하게 행복했던,,

-드르르르르륵! 드르르르르르륵!
드르르르르르르륵!
총알이 무차별적으로 어미 돼지를 향해 날아온다
부팀장이 기관단총을 들고 기동사격을 하며 총 열 명으로 구성된 검은색 대테러 복장의 사장이 요청한 경찰특공대가 구덩이로 빠르게 이동한다
-드르르르르륵! 드르르르륵!
픽- 픽픽- 픽픽픽-
어미 돼지가 몸에 총알이 꽂히자 고통스러워하며 앞으로 비틀거리다 구덩이 속으로 고꾸라진다
자신에게 남아있는 유일한 아기 돼지 시절의 기억을 되뇌며 옆에 떨어져 눈을 치켜뜨고 딸에게 뭐라고 계속해서 웅얼거리지만 목소리가 나지 않고 점차 눈이 감겨가는 엄마를 딸이 가만히 미소지으며 포근히 안아준다
구덩이 앞에서 시끄러운 가축들 때문에 팀장이 흥분하며 옆의 부팀장에게 소리친다
-뭐라는 건데!!
-글쎄요, 이 미친 돼지들이 구덩이를 탈출한다는 신고 아니었을까요!!
-구제역 걸린 새끼들이야??
-구제역 걸린 돼지는 아니라던데요!!
하지만 도망치면 사살하라는!!
-그래?? 방금 도망친 돼지 아니었나??
모르겠다 씨팔, 다 죽여 그냥!!
팀장이 오른손을 머리 위로 들어 허공에 한 바퀴 돌린다
팀원들이 재빨리 구덩이를 에워싼다
화기를 어깨에 견착시키며 조정간을 연사에 맞추고 가늠쇠를 들여다보며 입사 자세를 취한 뒤 대기하고 있다

팀장이 주먹을 쥐고 있다
곧 검지와 중지를 합쳐 피며 손목을 까딱하며 수신호를 보낸다
-드르르르르르르르르르르르륵! 착! 드르르르르르르르르르르르륵! 착!
착! 드르륵 드륵 드르르르르르르륵! 착!
탄창을 갈아 끼우며 재장전을 반복하며 전부 소진할 때까지 쏟아
붓는다
가축들을 향한 초근접 목표 사격이 벌어지며 총알이 흩뿌려지듯
이 날아간다
-드르르르르르륵! 착! 드르르르르르르르르르륵! 착! 착!
드르르르륵! 드르르르르르르륵! 착!
난장판이 된 상황 속에 부팀장이 팀장에게 큰 소리로 외친다
-팀장님!! 야식으로 삼겹살에 소주 한잔 어때요!!
-야!! 넌 이 꼬라지 보고도 삼겹살이 넘어가냐!!
치킨 어때!!
-치킨은 어제 먹었잖습니까!!
삼겹살 가시죠!!
-콜!!
-드르르르르륵! 착! 드르륵 드륵! 착! 착!
드르르르르르르르륵! 착! 드르르르르르르르르르륵!

100일 후
매립지

톡 톡,
톡 톡,
톡톡톡, 톡톡,
흙조차 덮지 않아 썩어가는 동물 사체 속에 꿈틀대는 무언가가 있
다

톡 톡, 톡톡톡,
계속 사체 사이로 살짝살짝 꿈틀댄다
불쑥!!
사체를 비집고 하나의 다리가 솟구친다
관리자에게 심어진 슈퍼 DNA가 극한의 환경을 견디며 가장 뛰어난 인류를 찾아 자연 결합에 성공했다
유전자 조작의 실험체로 전락한 생명이 꺼진 을씨년스러운 죽음의 땅에 새로운 생명체가 비로소 탄생한다
다리로 사체를 더듬더듬 짚어보다 한 쪽 다리를 또 빼내곤 양다리로 사체를 딛고 고개를 바깥으로 꺼낸다
-쿠엑!!
눈이 감겨있는 알 수 없는 괴생명체가 가쁘게 숨을 헐떡인다
-푸헬헬, 푸헬헬
자연적으로 발생하는 신 인류의 진화는 끝났다
지금부턴 이종과의 교배, 유전자 조작을 통한 과학적인 절차를 거쳐 체계적인 발전을 거듭하며 진행되는 급진적인 인공 진화가 인류를 기다린다
다만, 그 사이 돌연변이가 탄생하는 건 과학으로도 제어할 수 없는 어떤 것이다
번식과 탄생을 향한 끊임없는 본능은 모든 DNA의 중심에 있고 어떤 유전자 조작으로도 변경이 불가능하다
-후웁 후웁,
숨 고르기가 끝나자 사람의 손과 돼지의 발이 합성된 기괴한 발로 더럽게 얼룩져 있는 얼굴을 씻으며 닫힌 눈을 뜬다
번쩍!!

빼킹 7교시

검은색 중형 세단이 정문 문턱을 스르르 넘으며 소형 외부 주차장으로 들어선다
여유 있는 곳으로 가 멈추더니 다시 후진으로 주차 칸에 차를 맞춘다
파킹 버튼을 누르고 다시 시동 버튼을 누르자 차가 살며시 떨리며 완전히 정지하고 주차를 완료한다

운전석의 문이 열리며 하얀색으로 깔맞춤한 반팔 블라우스 긴 주름치마 여름 샌들에 녹색 민소매 가디건을 걸치고 하얀 숄더백을 메어 데일리 코디를 한 하얀 피부에 웨이브를 준 중발의 이쁘장한 얼굴, 늘씬한 몸매의 여성이 차에서 내린다

안녕, 난 38세 유부녀 윤주야
애도 있어
딸아인데 올해 초등학교 입학했어

난 결혼을 조장하는 이 사회를 저주해!
싱글이면 실패자 취급하는 개같은 것들도 저주해!
누가 결혼을 만든 건지 싸이코겠지?

난 말야
누가 결혼한다고 하면
쥐어뜯어 말리고 싶어
돌았냐고
해도 후회 안 해도 후회니 그게 그거라고?
천만에,
하면 후회야, 무조건 후회야, 죽을 때까지 후회야!

난 싱글로 사는 내 친구들이 부러워 죽겠어
날 보고 부럽다고 하는 애들은 일단 욕부터 박아
뚝배기 깬다고
물론 결혼하고 싶다고 하면 일단 훼방부터 놔
네가 아직 정신 못 차렸다면서
고생을 더 해봐야 한다고 키키
그게 내 친구를 위하는 행동이라며
애 있는 걸 부러워하면
언제 핵 맞을지 모르는 세상에 애 낳고 싶어?
이게 내 레파토리야

오늘 하루 외출을 할 거야
풀메이크업에 코디까지 한 비밀스러운 화려한 외출을 기대했다면
미안해
사실 난 그다지 외출하는 걸 좋아하지 않아
지금 하는 외출도 실은 일에 가까워
오히려 밖에 돌아다니는 거 자체를 싫어해
내가 선호하는 건 그냥 집에서 쉬는 거
소파에 드러누워 멍때리며 드라마 보는 거
둘째도 집에서 쉬는 거
셋째도 집에서 쉬는 거야
싱글일 땐 이 정돈 아니었는데
애 낳고 8년이 지나니까
밖에 나가는 그 모든 게 일처럼 느껴져

딩동딩동~ 딩동딩동~
젠장, 종친다!!
이 빌어먹을 게임이 또 시작됐어!!

1교시 9:00~
요양원

-요샌 좀 괜찮으세요?
-나야 늘 똑같지
윤주가 요양원 내부에 조성된 작은 숲의 나무 벤치에 앉아 있고 옆엔 백발에 수척한 모습으로 검은색 반팔 티에 검은색 밴딩 바지를 입고 휠체어에 탑승한 시어머니가 있다
-이것 좀 드세요
벤치 위에 싸 온 작은 용기를 열어 가지런히 썬 오렌지를 내놓는다
시어머니가 포크로 집어 드신다
-달다,
윤주도 따라 집어먹기 시작한다

내 어머님께선 건설 노동일을 하시다 폐암 진단을 받고 수술받으셨지만 모든 비용을 본인이 처리하셨어
산업 재해 보험 적용이 안 된 거야
근거 부족이래
업무 연관성이 전혀 없다는 이유로 불승인 처분 됐지
우리가 치료비의 절반을 부담한다고 했는데
끝까지 자신의 몸이라며 자신이 책임진다고 하시니까
자식들한테 부담 주는 걸 그 정도로 싫어하셨어
정말 고집 센 분이야
그런 고집이 있으니까 여성의 몸으로 공사 현장을 버틸 수 있던 거겠지
요양원도 본인이 선택해서 입소하신 거야

수술 후 몸이 부쩍 쇠약해지셨는데 우리가 모시겠다고 했지만 그것도 거절하셨지
얹혀살지 않겠다고
그런 어머니께서 나에게 신신당부하시는 게 하나 있어

-아기는 잘 다녀?
-네, 잘 다니고 있어요
어머니께서 오렌지를 드시며 물으시는데
-오늘은 학교에서 예방접종을 한다고 하더라고요, 불주사요
-그래, 맞혀야지
손녀만은 결단코 중노동을 시키지 말라는 거야
펜대 잡아야 한다고 하시면서
손녀에게 돈을 못 벌어도 편한 일 하게 놔두라며 그게 곧 돈을 벌고 굳히는 일이라고 하셔
힘들게 돈 벌면 나이 먹고 골병들어 치료비로 전부 깨진다며 숨도 제대로 못 쉬는 자기 모습을 내가 갈 때마다 한탄하시고 삶의 부질없음을 강조하셔
요즘 의사들이 왜 싸우겠냐며
그들은 중노동은 절대로 하지 않으려 저런다면서 저렇게 똑똑한 사람들이 그럴 땐 다 이유가 있었다면서 자신의 젊을 적 무지함을 탓하시지
누가 나에게 그런걸 가르쳐 주지 않은 세상이 원망스럽다며 자신은 배운 게 없을지 몰라도 공사장에서 평생 가슴에 아로새겨진 단 한 가지 깨달음은 고생하고 살면 늙어 돌아오는 건 고통이라며 악착같이 말씀하셔
내 손녀가 자신을 닮으면 안 된다며 그게 자신이 죽기 전 이 세상에서 마지막으로 해야 할 일이라고까지 하시네
누구도 가르쳐주지 않기 때문에 자신이 직접 손녀를 가르치는 거

라고
사실 나부터 내 딸에게 노동을 시킬 생각이 없어
아니 내 딸은 하지도 못해
요양원에서 적적한 시간을 tv로만 달래시더니 세상 물정에 빠삭해 지신 거야

난 그냥 모르겠어
왜 멀쩡한 의사들을 의새라고 놀리는지도
여전히 국민성이 낮기 때문일까?
윤주는 최근에 발생한 의대 증원 이슈가 총선용으로 급조한 의도적인 정책이라며 진료 교수가 없어서 예약 잡기도 힘들고 진료 보기도 어렵다며 요즘 심하게 투덜거렸다

어머니께서 오렌지를 다 드시자 벤치를 정리하고 천천히 휠체어를 밀며 산책시켜 드린다
-아기 공부는 잘해?
-잘은 못하는데 의대 입시반에 넣었어요
-그래, 의사 되면 좋겠구나
이번엔 학업 능력을 여쭈신다
손녀가 올해 초등학교 입학해 본격적인 정규 교육과정을 시작했기 때문이다
어머니 관심사의 90%는 자기 손녀다

내 딸은 의대 입시 학원에 보냈어
무슨 벌써 의대 입시반이냐고 설친다고 할 수 있는데
그게 남들 다 한다고 하니까 그래도 하나밖에 없는 딸인데
요즘 교육 트렌드가 의대 입학이라고 하니까 안 하면 왠지 트렌드에 뒤처지는 것 같고

공부를 썩 잘하진 않지만 두고 봐야 한다는 원장님의 설득도 있었고
-근데 요새 좀 칭얼거려요
 매일 늦게까지 수업받는 게 좀 힘든가 봐요
-너무 많은 걸 바래선 안 돼
요새 딸이 계속 칭얼거려
돌봄이 그닥 마음에 들지 않는 것 같은데 맞벌이하니까 어쩔 수 없는 현실이라
그런 딸을 달래주기 위해 딸이 좋아하는 과자를 사줘
특히 띠네누네라는 과자를 좋아하는데 아예 벌크 제품으로 쟁여놔
매번 사달라고 조르는 것도 귀찮고 그게 나나 딸에게나 서로가 편해

딸에게는 망원경도 선물했어
최근에 우주론적 사고방식이라는 책을 읽었는데 인간의 존재의의를 우주적으로 고찰하여 생각해 보게끔 하는 책이야
이 책을 보고 느낀 건데 딸도 우주를 바라보며 세상에 대해 넓은 시각을 어렸을 때부터 키워주고 싶었어

딸이 초등학교에 입학하니까 좀 더 넓은 집이 필요한 거야
투룸에 살다 아파트로 이사했지
빠듯한 살림에 집 대출을 아직 다 못 갚았지만 무리해서라도 아이에게 공부방을 하나 만들어 줘야 한다고 생각했지
언제까지 안방에 같이 재울 수는 없으니까

윤주는 새집으로 이사 갈 때의 기쁨도 잠시,
갚아야 할 대출이 늘어나자 뭔가 더 팍팍해짐을 느낀다

희한하다, 잡고 또 잡고 또 잡을수록 오히려 무언가를 자꾸 잃어 가는 느낌이었다
이상하게도 무언가를 잡으려 하면 할수록 가슴속에 묘하게 느끼는 상실감이 생겨나곤 했다
분명 난 잡았다고 생각하는 게 어느 순간 내 손에는 아무것도 남아있지 않은 그런 감정이었다
사실 정신과를 다니기 시작한 이유도 이 알 수 없는 상실감과 우울증 때문이었다
때로는 뭔가가 윤주의 목을 조르며 가끔은 실제로 숨이 막힐 때도 있었다

내가 이 사회의 인싸니 주류니 하는 걸 말하는 게 아니야
단지 이 알 수 없는 소외감 상실감 같은 게 이해가 안 갈 뿐이야
그리고 난 대체 무엇으로부터 해방감을 느끼고 싶어 하는지
친구가 부족한 것도 아니야
사람을 안 만나는 것도 아니고
오히려 친구들은 시도 때도 없이 만나고 통화하고 문자하고
내가 가는 곳은 약속이나 한 듯 구름 인파가 몰려
내가 할 수 있는 모든 건 다 했고 다 하려고 했어

윤주는 그렇게 남이 하는 건 나도 해야 했다
남이 보는 건 나도 보고
남이 먹는 건 나도 먹어야 했고
남이 가는 곳은 나도 가야 했다
지기 싫었다
타인과의 경쟁 사회에서 대중적이라면 그게 무엇이든 가리지 않고 받아들이려 했다
손에 움켜잡을 수 있는 거라면 전부 잡으려 했다

그리고 분명 이제 번듯한 아파트 한 채와 외제차까지 굴릴 정도가 됐고 대기업에 근무하는 남편과 자신을 쏙 빼닮은 딸아이까지 있다
이 모든 게 대단한 거라곤 말하기 어려울지 몰라도
적어도 내가 이 세상에서 이만큼은 이루어 냈다고 당당하게 말할 수는 있다고 생각했다
하지만 바로 그 행동이 내 손으로 내 목을 조르는 거란걸 나중에야 깨달았다

윤주가 시어머니를 입실시키고 병상 위에 올려드린다
시어머니가 수납장을 열어 지갑과 흰 봉투 한 장을 꺼내 십만 원권 수표 다섯 장을 꺼내어 봉투 속에 집어넣어 윤주에게 건넨다
-아니에요, 어머니!
윤주가 손사래를 친다
-받아, 너희 주는 게 아니야!
내 손녀 주는 거야!
학용품도 필요할 테고 간식도 사 먹이고
의대 준비도 한다며
윤주가 시어머니가 건넨 봉투를 받고 짧은 면회를 마치고 병실을 빠져나온다

2교시 9:45~
대형 마트

아이러니하게도 또다시 병원이다
이번엔 윤주 자신 때문이다
정신과를 가는데 예전이면 몰라도 이젠 딱히 타인 눈치를 신경 쓰지 않아도 된다고 되뇌었다

요즘은 정신과에 가는 건 의료쇼핑하듯 자연스러운 분위기라고 애써 합리화했다

대형 병원
정신과

-예약이 안 잡혀있는데요?
-아니, 왜?
하고 싶은 말이 많던 윤주에겐 갑자기 확 의지를 꺾는 소리였다
진료 시간을 윤주와 상의 없이 의사가 독단으로 변경했다
간호사가 한 번 더 모니터를 보며 예약 명단을 검토하고 대답한다
-오전에 전화드렸었어요
-네? 난 못 받았는데?
그러면 어떡하죠?
-이따가 일반진료로 보셔야 해요
-일반진료가 뭐예요?
-20분 진료에요
윤주는 맥이 탁 빠지며 뭔가 허탈했다
잠깐 뭔가를 생각하다 말한다
-그럼 그냥 돌아갈게요
-진료 안 보시고요?
-네,
간호사가 의아스러운 표정으로 재차 묻는다
-그럼 다시 안 오실 건가요?
-네,
살짝 열려있는 진료실에 의사의 인기척이 느껴졌다
내가 있는 걸 아는 것 같은데 그냥 모른척하고 넘어가는 것 같아
추측건대 2번째 상담 때 이 사람이 마지막에 짧게 소견을 밝혀어

장발에 은테 안경을 낀 중년의 남성 의사가 나를 향해 살짝 날카로운 표정을 짓고선
-울렁증에 의한 분노조절장애!
근데 그 말을 듣고 내가 순간 벙쪘거든
일부로 그런 게 아니라 진짜 벙찐 거야
그래서 내가 그건 아니라고 했지
그러니까 나보고 울렁증이 뭔지 아냐고 하더라?
가슴이 울렁거리는 거요
그러니까 표정이 뾰로통해지더라?
그래서 지금 이러는 걸까?

마나 캐슬
대형 마트

윤주가 병원을 빠져나와 시내를 이동해 어느 초대형 복합 쇼핑몰을 찾아가 대규모 외부 주차장에 차를 주차한다
차에서 내린 윤주가 쇼핑몰 내부에 입점한 대형 마트로 걸어간다
예상치 못하게 끝난 진료 시간을 마트 쇼핑 시간으로 대체했다
어차피 이곳으로 와야 했다

이곳은 극장 마트를 비롯해 수많은 중소 상점이 지하 1층에서 지상 2층까지 폭 200m 안에서 좌우로 즐비해 직선 500m까지 쭉 뻗어 형성된 곳으로 모든 걸 한 곳에서 한순간에 해결한다는 컨셉의 쇼핑몰이다
쇼핑몰 중간중간엔 작은 공원까지 조성됐다
맞벌이에 딸까지 키우는 윤주가 내린 최선의 선택이다
어쩌면 장사치들이 그런 시대 상황을 노리고 짓는 것은 아닐까 싶다

하지만 시간이 항상 부족한 윤주에겐 그런 걸 따질 시간이 없다
요즘은 아예 아파트가 상가를 끼고 나타나지 않나
내가 생각해 보니 어렸을 때도 아파트에 살았지만 생활용품은 꼭 엄마를 따라 시장에서 구입한 기억이 나
아는 것도 없지만 그저 엄마 손 붙잡고 시장을 가 이것저것 구경하는 재미가 있었는데
지금은 여전히 마트를 가도 웬만한 건 전부 온라인 쇼핑으로 해결해
시간 내기 빠듯한 내가 마트에서 카트를 끌고 다닐 시간도 체력도 부족하니까
딸은 등교를 위해 돌봄이 끝나면 잠깐 놀게 하다 바로 재워야 해
그러고 보니 이상하기도 해
어린 시절 엄마를 따라 장 보러 가는 건 여유를 부리는 건 아닐지라도 딱히 무언가에 쫓기듯 해치우듯이 했던 일도 아니었는데?
그랬다면 엄마를 따라 나가지도 않고 차라리 만화를 보든 게임을 하든 했을 텐데
-그땐 이렇게 바쁘진 않았는데,,
윤주가 자신도 모르게 혼잣말을 중얼거린다
사람들이 더 바삐 사는 것 같고
더 큰 건물이 들어서고
더 많은 고속도로가 지어지고
전문가라는 사람들이 그 어느 때보다 넘쳐나는데
나라는 왜 빚더미에 허덕이며 가난해져 갈까 하는 궁금증이 불현듯 머릿속을 스쳤지만 그 또한 깊게 고민해 볼 가치를 못 느꼈다
하지만 생각이 여기까지 미치자 무슨 지원을 해준다면서 자꾸 퍼준다거나 깎아준다고 하는 정치인들이 거듭 국회의원에 당선되는 걸 보면 그 또한 아이러니함을 느끼며 씁쓸한 웃음이 지어졌다
하지만 이 또한 여기까지다

그리고 윤주부터 딸의 양육비와 교육비 돌봄비까지 지원받고 있는 입장이라 누가 퍼주고 누가 받고 하는 걸 왈가왈부할 수도 없었다
빠듯한 생활비에 양육비 지원은 정말 단비와도 같았다
대체 그 많은 돈이 어디서 나는 걸까?
빚쟁이 나라에서
호기심 가득한 윤주의 질문엔 답이 없었다
그 사이, 마트에 도착한 윤주가 정문 카트 보관소에 쌓인 카트 하나를 빼내어 자동문을 넘어 마트 내부로 들어가 비식품 매장 입구를 향해 몇몇 점포를 지나치며 카트를 밀고 간다

1층
비식품 매장

윤주가 비식품 매장 앞에 다다라 도난경보기가 설치된 출입문을 넘어 안으로 들어간다
이 마트는 기다란 양 끝 복도와 중앙 복도가 있고
복도 사이로 상품 코너가 들어차 있는 형식이며 비식품 매장과 식품 매장이 똑같은 구조로 돼 있다
우선 들어가자마자 바로 눈앞에 보이는 복도에 박스째로 진열된 속옷 매대에서 1+1 행사를 하는 품목으로 양말 두 묶음을 집어 카트에 넣는다
이상하게 양말이 금세 헐거워지는 남편 때문에 양말은 항상 넉넉히 준비한다
중앙 복도까지 직진하다 우측으로 쏙하고 돈다
3번 사무용품 코너에서 딸의 학용품으로 노트 한 묶음과 스케치북 한 묶음을 들어 싣는다
다시 반대로 카트를 돌려 방금 구매한 속옷 매대를 지나 5번 코너

를 넘어 6번 자동차용품 코너 앞에 카트를 세운다
바로 안쪽에 있는 워셔액 2개 묶음을 2개 집는다
난 이래저래 수시로 차량의 앞 유리를 세척해서 특히 워셔액 소비량이 많아
워셔액은 틈틈이 자주 구입해
윤주가 앞으로 좀 더 가자 주방용품 코너가 나오고 핑크색 프라이팬이 매대에 매달려있는 게 보인다
아, 저거
갈 때마다 눈에 띄어
몇 번이나 사려고 들었다 놨다 하다 끝내 사지 않은 프라이팬이야
한 번의 깊은 충동을 견디니 더 이상 구입할 생각은 없어
그런데 아직도 눈에 띄는 건 그냥 주부의 욕구인가?
그대로 지나친다

복도 끝에 아동의류 코너가 나온다
대충 훑겨보다 적당한 여름용 상의와 하의를 한 벌씩 구입한다
아무래도 딸의 여름용 의류가 부족하다고 생각해서다
그리고 카트를 왼쪽으로 쓱하고 돌려 조금 가다 다시 오른쪽으로 쓱 돌리며 무빙워크에 카트를 올리고 지하 1층으로 이동한다

지하 1층
식품 매장

내려가자마자 각종 술이 진열된 주류 코너가 나오며 제일 먼저 보이는 와인 매대에 잠시 멈춘다
수많은 와인 중 눈에 띄는건 역시 핑크핑크한 색감의 와인이다
그 앞에 서서 가만히 소개지를 읽어본다
-로제 100%,,

깔로롯씨 스트로베리,,
음,, 딸기주인가?
다시 그 옆에 있는 또 하나의 핑크핑크한 와인도 한번 들여다본다
-진판델 100%,,
까뻐릿찌 딸기 복숭아,,
음,,
사실 난 와인에 대해 몰라
입문했다고도 할 수 없어
와인이라는 건 나완 거리가 먼 것이라고만 여겼으니까
아니 술 자체랑 거리가 멀어
그저 술이라곤 맥주밖에 모르던 나에게 언제 적부터 마트에 진열되기 시작한 와인들이 확 눈에 띈 계기가 있었지
어느 날, 술까지 핑크색을 띤 와인병들이 핑크 박스에 곱게 포장돼 한가득 쌓여있는 게 그저 이쁘고 신기해서 한참을 구경하다 호기심을 못 이겨 구매한 게 와인을 처음 접한 이유야
어느 드라마 여주처럼 와인 잔에 조금 따라 교양 있게 들어 마시는 허세가 따라 하고 싶어 구매한 게 아냐
자주 구입하진 않지만 처음부터 종이컵에 따라 마셨고 지금도 여전히 종이컵에 따라 마셔
그렇게 처음 마셔본 와인의 첫맛은 특이했는데 달고 시고 쓰고 씁쓸한 뒷맛까지 별로 맛없는데 그다음부터 이상하게 찾아 마셨어
맛없으면서도 맛있는 그 오묘한 맛을 이상하게 즐겼달까?
결국 윤주가 까뻐릿찌를 한 병 집어 카트에 넣고 바로 옆에 있는 세계 맥주 코너에서 고르지도 않고 은색의 500ml 수퍼드라이 캔 맥주를 5개 집는다
이것만 고집하는 남편 때문이다

왜 꼭 노란 딱지 물건일까?

방금 와인도 그렇고 맥주도 그렇고 왜 9900원 가격이 적힌 노란 할인 딱지 물건만 구입하는 거지?
아까 구입한 양말도 1+1 노란 할인 딱지 제품이었는데
일단 노란 딱지가 아니면 눈길도 안 가
허연 딱지의 물건을 사면 왠지 속는 느낌이 들어
하지만 행사하는 물건들이 하나같이 9900원이라는 가격에 맞춰지는 건 왜 그런 걸까?
1+1 행사를 1년 내내 하는 품목은 왜 그런 거고?
일단 노란 딱지가 붙어있어야 호구 당하지 않는 거라고 신뢰하며 구입했고 동시에 상술이라며 호구 당한다고 불신해서 구입을 꺼렸는데 나중에 물건을 구입할 땐 다시 또 노란 딱지 물건이야
왜 이런 거야?
윤주는 그런 자신이 참으로 희한했지만 그냥 카트를 밀고 간다

매장 끝 복도에서 카트를 우로 돌려 탄산음료 코너로 들어간다
콜라와 사이다 1.5리터 용량 제품을 각각 두 개씩 집는다
딱히 맛의 차이를 못 느끼는 윤주는 맛보다는 가격을 중시해 자체 제작 상품으로 고른다
그대로 중앙 복도로 빠져나와 바로 옆 커피 코너를 본다
-커피는 있고
단순히 있는 정도가 아니다
캔커피 페트커피 봉지커피가 다 있다
그대로 커피 코너를 넘어가자 냉동 코너가 나온다
역시 슬쩍 쳐다보고 넘어간다
늦은 귀가 예정이라 냉동식품을 사고 싶어도 전부 녹을 것이다
그다음 냉장 코너가 나온다
카트를 좌로 돌려 우유 매대 앞에 선다
우유 소비량이 많아 생활비도 아낄 겸 저렴한 수입 우유로 바꾼

지 꽤 됐고 늘 박스째로 시켜 먹지만 가끔은 오랫동안 먹어왔던 냉장유도 마시고 싶어 한다
2리터가 넘는 대용량 페트병 우유를 한 통 집어 든다
그대로 카트를 좀 더 밀어 우유 코너 끝에 있는 특가 찬스 매대로 간다
각종 식품에 할인 딱지가 덕지덕지 붙어있다
매대에 널브러진 물건들을 괜히 이것저것 건드려보며 가격을 확인한다
딱히 사고 싶진 않지만 50% 할인이 아까워 단팥죽 두 개를 넣어본다
그리고 다시 바깥 복도로 카트를 민다
복도 매대에 슈가 글레이즈롤 6입이 팩으로 포장된 기획 상품이 늘어져 진열된 베이커리 코너가 나온다
참새가 방앗간 못 지나가듯 하나를 냅다 집어 든다
그대로 카트를 다시 민다
피자가게를 지나 조리식품 코너로 간다
잠깐 멈춰 눈에 들어오는 늠름치킨을 본다
늠름치킨의 돌풍 속에 자신도 휩쓸리며 초반에 수없이 구매한 제품이다
난 번호표까지 배분받아 대기까지 했었어
이젠 그때 같지 않지만 지금도 조리식품을 지날 때면 이상하게 한 번은 돌아보게 돼
늠름해서일까?
지금도 외출이 아니었다면 집에 있는 치킨 킬러를 위해 한 통 집었을지 몰라
윤주가 카트를 계속 밀고 가 이번엔 정육 코너에 멈춘다
카레를 준비할 생각에 소고기를 훑어본다
헉!

상품 가격을 보고 놀란다
분명 매대에 크게 붙어있는 50% 할인 표지를 보고 고른 것인데도 가격이 놀라웠다
이건 안돼!
옆에 있는 돼지고기 앞다리를 집어 든다
다시 카트를 밀어 수산 코너를 지나쳐 반대편 끝에 있는 채소 코너까지 쭉 밀고 간다

채소 코너에서 당근과 감자 애호박을 적당히 골라 집고 바깥 복도를 따라간다
과일 코너가 나오고 수박들이 쌓여있는 게 보인다
잠깐 쳐다보지만 멈추지 않고 그냥 지나쳐 간다
택배로 구입할 거야
이유는 간단해
무거워

시리얼 코너를 간다
이젠 무거워진 카트를 복도에 그냥 두고 얼마 안 떨어진 시리얼 매대로 걸어간다
오, 하네?
이번엔 1+1 행사를 하네
호랑이여야 해, 무조건 호랑이!
한번은 사자를 사서 갔다가 딸이 질색을 떨었어
맛이 없다는 거야
나부터 호랑이파지만 호랑이가 행사하지 않을 때 마침 사자가 행사 중이라 사자를 구입했던 건데 이젠 사자는 행사를 해도 쳐다도 안 봐
급한 것도 아니지만 온 김에 두 개만 사볼까?

 틱, 틱,
윤주가 제품의 바코드를 하나하나 찍으며 상품을 옆으로 민다
전부 찍고 카드를 꽂아 결제하고 다시 뽑아 영수증을 출력한다
기다란 영수증을 손에 들고 위에서부터 빠르게 훑어본다
그리고 마지막으로 총 결제금액을 확인한다
 헉!
소고기에 이어 또다시 놀란다
할인 품목으로 구입했는데 왜 이렇게 많이 나오냐는 거다
매번 결제하고 매번 놀란다
영수증을 접어 백 안에 넣고 카트에 물건을 싣고 포장대로 밀고 간다

마트 쇼핑을 끝내고 차에 가 트렁크를 열고 물건을 두 개로 나눠 담은 박스를 옮겨 싣고는 빈 카트를 주차장 보관소에 반납하고 근처 어딘가로 다시 걸어간다

3교시 11:00~
찜질방

멀리 두 사람이 보여
긴 생머리에 날씬하고 이쁘장하게 생긴 외모로 검은색 무릎 원피스와 검은색 단화를 신은 애가 희민이야
그 옆에 단발머리에 약간 통통하고 귀여운 외모로 하얀 반팔 티에 하늘색 청바지를 입고 하얀 운동화를 신은 애가 예림이고
희민이는 전업 주부고 애는 없어
아마 이대로 쭉 아이는 안 가질 듯싶어
용으로 태어났지만 정작 승천을 못 해 용이 못된 용용이야

왜냐면 미모는 모두를 압살하는 살인 미모지만 예체능 계열의 재능이 없어
그냥 아예 없어
예림인 그냥 백조야
예전엔 백조라고 놀렸는데 지금은 내 친구 중에서 제일 부러운 친구야
무엇보다 남편과 애 없이 혼자 생활하는 게 자유로워 보이기 때문이야
예림이도 딱히 결혼한 우리를 부러워하지 않아
우리가 예림일 부러워하지
예림이 게으르다거나 꾀를 부리진 않아
다만 희한하게도 입사하는 회사마다 적응을 못 해
바로 몇 년 전까지만 해도 예림인 그런 자기 모습을 심각하게 여기며 힘들어했지만 지금은 다른 일을 하며 많이 털어낸 듯 이젠 편안해 보여
그러니까 예림인 뭐랄까
굳이 그걸 직업으로 표현하자면 일종의 게이머야
예림인 현재 생활에 만족해
벌이 자체는 정말 말도 안 되지만 무엇보다 마음 편하고 자유로운 걸 좋아해
이렇게 모인 이유는 다름 아닌 오늘이 희민이 생일이라 조촐한 기념을 해주기 위해서야
윤주가 넓은 길 한켠에서 노가리 까고 있는 두 사람한테 가까이 다가가자 셋이 쇼핑몰에 시설된 대형 찜질방 건물로 들어간다

하얀 찜질복으로 환복하고 수건 하나씩 챙겨 목에 걸곤 샤워도 하지 않은 채 바로 계단을 타고 3층 불가마실로 직행한다
3층에 올라가 스낵 코너에 잠깐 들러 삶은 계란 한 줄과 식혜 하나

씩을 챙긴다

90C°
-들어가 들어가!
90도에 육박하는 온도계의 빨간 숫자를 보자 윤주가 들떠 말한다
예림이 문을 열고 안으로 들어간다
마지막에 들어간 희민이 문을 닫자 엄청난 열기가 순식간에 세 사람을 감싼다
-후읍,
윤주가 깊게 호흡한다
셋이 안쪽에 자리 잡는다
찜질방엔 오자마자 불가마 사우나를 먼저 한다
그렇지 않고 나중에 들어가면 왠지 밋밋하다는 거다
이젠 아줌마가 된 그녀들 모두 사우나를 좋아한다
특히 윤주가 불가마실을 좋아하는데 확 지지는 뜨거운 맛을 본 뒤로 이 밑으론 성에도 안 차 한다
이렇게 시간 나면 셋이 찜질방에 자주 모인다
순식간에 뜨거운 열기가 더욱 가해지며 본격적으로 셋을 달군다
누가 먼저랄 것도 없이 식혜를 들어 쭈욱 들이켠다
-크, 이거지!
예림이 기분 좋게 한마디 한다
그러곤 곧바로 계란을 집어 톡 깨어 빠르게 껍질을 깐다
두 사람도 따라서 계란을 깐다
각자 입안에 탱글한 알을 씹으며 식혜를 마신다
예림이 대충 씹어 넘기곤 기다렸다는 듯 희민한테 말한다
-야, 털어
희민이 잠시 뜸을 들인다
희민한테 새로 생긴 남자 친구와의 썸씽을 캐묻는다

나도 실은 궁금해
-그냥 뻔하지 뭐,
일단 별거 없다는 투로 시작해
그러다 가만히 듣고 있으면 기절초풍할 얘기도 마다않고 자기가 신나서 떠들어
-손만 잡았어
-미친년,
-크크크크크
뜬금없는 욕설에 괜히 내가 웃기네
이번엔 무려 열 살 연하남인데 희민이한테 그렇게 들이대더란 거야
몇 번 거절했는데 실은 자기도 좋았는지 나중엔 교제를 수락했대
-너 며칠 전에 속리산은 왜 갔어?
-뭘 따져, 산내음 한번 맡은 거지
-너 산 안 좋아하잖아?
늘 이런 식이야
예림이 취조하고 희민이 발뺌해
-그이가 좋아하더라고
-그래??
예림이 화들짝 놀란다
-그래서??
-아니 그냥 같이 등산 좀 했지
-산을 올라탄 거야 널 올라탄 거야?
-둘 다?
-크크크크크
예림이 까무러치며 좋아한다

솔직히 말할까?

난 은근히 부러워
어디서 어떻게 놀았다더라 다 털어놔
이걸 또 즐겨
희민인 남자가 줄줄 꼬여
생긴 것도 이쁘장하니 그렇겠지만 직접 홀리는 것도 잘해
근데 벌써 3번째야
남편은 몰라
알면서도 모르는 척 하는 거겠지?
난 잘 모르겠어
간통죄가 없는 데 어쩔 거야
그녀들이 불가마의 열기로 인해 몸이 더욱 뜨겁게 달궈지며 빠르게 땀이 맺혀간다

점심시간 11:30~

-아으 좋아!
예림이 만족스러운 미소를 짓고 수건으로 연신 얼굴과 목덜미를 닦으며 불가마실에서 앞장서 걸어 나온다
그대로 계단을 타고 한 층 더 올라가 식당을 찾아 좌식 원목 테이블에 앉아서 메뉴를 고른다
그새 후끈해진 육체가 빠르게 식어간다
-돈가스?
-넌 맨날 돈가스야?
희민이 한 소리 한다
하지만 예림은 결국 돈가스
희민인 냉면
윤주는 황태해장국을 시킨다
곧 음식이 나오자 셋 다 야무지게 허기진 배를 채운다

식사가 끝나자 여탕에 들어가 샤워하고 서로 등까지 밀어주며 찜질방을 알차게 애용한다

4교시 1:10~
별 카페

벌컥벌컥 벌컥벌컥
-아, 살 것 같아!
탁!
예림이 얼음이 가득 찬 아이스 아메리카노를 아예 들이붓고는 창가 반대편에 붙어 앉아 아직 천천히 마시고 있는 두 사람 사이로 컵을 내려놓는다
똑같이 주문한 차가운 아이스 아메리카노가 다 같이 목을 타고 내려가며 각성효과가 전신에 빠르게 퍼져 사우나로 인해 쳐진 신체에 활력이 돋는다

나에겐 카페에서의 커피 한잔은 삶의 활력소를 얻는 일상이 되어버린 곳이라 이곳을 4교시에 넣을까 말까 하다 결국 넣었어
지쳐있을 땐 잠깐의 여유를 느낄 수 있고 우울해지면 카페의 분위기에 나름 기분 전환도 되고
신경이 산만해지거나 예민해질 때도 커피를 마시면 흐트러진 집중력이 다시 모이기도 하고
이젠 일이 바쁠 때도 카페만은 잊지 않고 꼭 시간을 내어 들러
딱히 할 게 없어 심심해도 제일 먼저 생각나는 곳이 카페야
모든 게 카페에서 커피 한잔을 마시며 시작하고
모든 게 카페에서 커피를 마시며 끝이 나
이제 윤주는 자신이 음료를 필요로 하는지 대량의 카페인을 복용하는 건지 구분 못 할 정도다

그렇게 소파에 편히 기대 커피를 마시며 예림과 희민이 괜스레 바깥 구경을 하고 안쪽에 앉은 윤주는 잠시 스마트폰을 꺼내 서로 잠깐 한숨 돌린다

스마트폰 알림도 짬을 내어 한꺼번에 확인해야 한다
오전에 분명 확인했는데 벌써 폰의 알림창이 다시 가득 찼다
우선 2천 원 배달 할인 쿠폰이 떴다
윤주가 기분 나쁘게 옆으로 밀어 지운다
그 밑에 뉴스 알림이 눈에 들어온다
어느 인문계고에서 자율학습을 못 견디는 학생에게 폭력을 구사한 교사의 뉴스다
요즘도 이런 미친놈이 다 있네?
그 밑에 또 뉴스다
의사 파업! 병원 파탄! 국민 도탄!
매일같이 뜨는 의사 뉴스다
-음,,
다시 옆으로 밀어 지운다
그다음 일상이 돼버린 택배 알림 확인이다
토스트를 좋아하는 윤주는 굳이 사 먹지 않는다
그것만은 집에서 해 먹어야 맛있었다
토스트를 하기 위해 재료로 시킨 식빵 옥수수콘 피자치즈 양상추가 폭죽 배송을 완료했다는 것과
딸아이 간식 미니 붕어빵이 1일 지연 배송될 거란 사과 메시지
그리고 부침개 부칠 부침가루는 아직 배송 중이라는 메시지였다
안 되는데, 딸이 칭얼댈 텐데
윤주는 살짝 불만이지만 사실 폭죽 배송은 대만족이었다
늘 바쁜 나에게 장 보는 시간을 획기적으로 줄여준 아니 아예 없애준 제일 소중한 존재야

택배를 준비하고 하늘에 팡팡팡팡 쏠 테니 받기만 하라는 의민데
난 한 번도 직접 받아 본 적은 없어
광폭 배송 또한 만족이야
택배 전달만을 머리에 각인시킨 광인들로 구성해 전국적으로 초광폭 행보를 한다는 건데 한번은 우연히 문 앞에서 기사님과 마주친 적이 있는데 작은 박스를 손에 들고 막 내려놓던 찰나 얼굴을 보는데 침을 흘리고 있어 잠깐 당황했던 기억이 나
물건을 놓고 정신없이 달려가던 뒷모습도 왠지 잊히지 않아
배송 앱을 보통 두세 개는 키고 생활해
일상이야

윤주가 백을 열어 정신과에서 처방받은 약 봉투를 꺼내 약 포지를 한 개 분리한 후 찢어 손바닥에 털고 다시 입에 턴다
그리고 아메리카노를 한 모금 들이켠다
-너 아직도 병원 다녀? 대체 병원에서 뭐래?
희민이 궁금해한다
-울렁증에 의한 분노조절장애
-분노조절장애? 네가? 그래서?
-근데,, 난 아닌 것 같으니까
-그럼 어쩌려고, 계속 다니게?
-아니 이제 끝내려고, 의사 만나기도 힘들고
-어머, 의사들 파업한다더니 진짜 보기 힘들어?
-모르겠어, 이젠 막 1시간 대기는 기본이야
내가 1시간이나 기다릴 시간이 어딨어
어쩔 땐 2시간도 넘게 걸렸어
근데 이젠 상담 시간까지 20분으로 줄여버렸어
카운터에 문의하니까 정신과만 그런 게 아니라 다 그런다고 하니까 뭐라 말도 못 하겠고

난 의사들 욕하는 것도 이해 안 가지만 의사들이 그러는 것도 이해 안 가
이게 이렇게까지 해야 할 일인가 싶고
요즘 수술도 제대로 못 받는다는데
-악마 아니야?? 악마 아니야??
가만히 듣고 있던 예림이 능글맞게 한마디 한다
-얘는 악마가 어딨니
희민이 대꾸한다
-왜, 다들 교회 가서 천사 찾으면 어딘가 악마도 있겠지
여기 헬조선이야 잊었어?
여기 악마가 없으면 악마는 대체 어딨어?
왠지 예림의 말투가 의료 붕괴 사태를 걱정하기보단 초현실 세계에 빠져들며 그저 재밌어하는 듯하다
-근데 의사들 입장도 이해는 가
2천이 말이 돼?
-그럼 4백일 땐 왜 거부했대?
걔넨 노답이야 답이 없어, 이번에 무슨 일이 있어도 2천 가야 돼
-과학적인 근거는?
-없어, 근데 걔네 과학자니?
-과학자는 아니지만 의학자잖아
-그러면 의사들은 종교 따윈 믿지 않겠지?
그러면서 귀신을 섬기는 곳에서 의술을 배우니 돌팔이 되는 거잖아
-그럼 여기에 돌팔이 아닌 사람 없는데??
-그럼 대한민국에 학자 아닌 사람이 없는데 뭐 실행하고 뭐 취소할 때마다 근거 대라고 따져?
-따지면 좋지, 하루아침에 연봉이 반토막 났는데 받아들일 수 있겠어?

-다른 가게들은 박 터지게 무한 경쟁하는데 의사만 정원 유지해?
-안 그럼 저렇게 계속 드러누울 텐데?
-그럼 환자 버려?? 환자 버려??
예림이 큰일 난 것처럼 눈을 휘둥그레 뜨고 과장되게 군다
-아휴,,
희민이 대답 대신 한숨짓는다

평소라면 얌전한 희민이 의대 증원만 나오면 자기주장을 꿋꿋이 하는 이유가 희민의 아버지가 바로 의사였기 때문이다
지금으로부터 25년 전, 의약 분업 사태 때 앞장서서 반대하며 총파업을 주도하고 적극적으로 참여했던 인물이기도 했다
지금도 개원의로서 현역 활동 중인 희민의 아버지는 그때도 지금도 똑같이 희민 앞에서 정부를 자신이 비난할 수 있는 최대한의 수위로 일갈했다
항상 의사로서의 삶에 자부심이 있었고 그런 아버지를 희민은 더없이 존경했다
내과 의사인 아버지의 뒷모습은 늘 수북이 쌓여있는 각종 차트에 둘러싸여 머리를 감싸 쥐며 괴로워하는 모습이었다
희민의 눈에 진짜 환자는 다름 아닌 의사였던 아버지였다
그 말을 언제고 아버지에게 꼭 하려 했다
하지만 끝내 아버지가 환자 같아 보인다는 말을 입 밖으로 꺼내지 않았다
아버지의 의사로서의 프라이드를 누구보다 잘 알고 있었기 때문이다
아니 평생 말하지 않을 것이다
다만 아버지 또한 뭔가를 얼추 이해하고 있는 듯했다

가난했기에 선택한 직업

가난을 무릅쓰고 매진했던 학업
그 결과로 지금 풍족한 삶을 일궈냈지만 언제나 병원을 떠나지 못하고 일에만 몰두했던 자신의 삶을 아쉬워하는 모습도 있었다
그것이 의사로서의 삶이라고 자신을 애써 달랬다
다만 자신에게 쌓인 알 수 없는 회한을 다름 아닌 딸 희민에게 푼 것이다
자기 딸이 자신처럼 경제적인 이유로 인해 원하지 않는 직업과 원하지 않는 삶을 살지 않길 바랐다
딸에게만은 적어도 그게 경제적인 것이라면 해줄 수 있는 모든 걸 다해줬다
그렇게 해줄 능력이 희민의 아버지에겐 충분했다
덕분에 희민은 늘 풍족함 속에서 성장했다
어린 시절엔 가난이라는 게 뭔지 아예 알지도 못했다
대학에 입학하고부턴 최소 수백만 원이 달마다 충전되는 카드를 아예 들고 다녔다
그렇게 일생에 쌓아 올린 부는 전부 외동딸 희민에게 물려줄 것이다
자신이 그토록 신경 쓰며 공을 들였던 건 그 어떤 환자도 아니었다
딸이었다
그런 이유로 희민이 약간 몰지각한 공주님이 된 것도 있었다
바로 그 몰지각한 공주님이 딸바보 아버지에게 단 한마디를 감추고 있었다

희민이 대학을 졸업할 즈음,
어렴풋이 자신이 아버지에게 어떤 존재인지 깨달자 희민은 불과 몇 년 후 훌쩍 시집을 갔다
대학을 졸업했지만 딱히 어떤 재능도 능력도 부족했던 희민이 언

제까지 아버지 밑에 있을 순 없다고 생각했다
아버지를 떠나는 것
바로 그게 평생 환자처럼 살아온 아버지에게 아무 능력 없는 딸이 유일하게 해드릴 수 있는 위안이라고 생각했다
자신이 떠난 만큼 아버지의 영혼이 평온해지길 바랐다
그게 희민의 선택이었다

하지만 아버지의 생각은 달랐다
희민이 시집가던 날
결국 참지 못하고 미친 듯이 술을 퍼마셨다
그건 딸이 떠나는 걸 아쉬워하는 보편적인 아버지의 그것이 아니었다
희민이 결코 밝히지 않았던 자신을 떠나는 이유
알 수도 없고 알지도 못할 그 이유를 다름 아닌 결혼식 당일에 우연히 알게 된 것이다
웨딩드레스를 입고 환하게 웃으며 식장을 걸어가던 딸의 모습에서 불현듯 자신이 의대를 졸업하며 처음으로 의사 가운을 걸치고 기뻐했던 순간이 떠오른 것이다
평생 자신이 첫 가운을 입었던 순간을 되뇌었던 아버지
그 아버지가 딸이 짓는 미소의 의미를 모를 리 없었다
행복한 웃음인지 행복하기 위해 짓는 웃음인지
그건 기쁨이 아니라는 걸 깨닫기까진 꽤 오랜 시간이 흐른 뒤였다

바로 그러하기에 자신을 닮지 않도록 모든 걸 쏟아부으며 키웠던 딸
그 딸에게 많은 걸 바란 것도 아니었다
어려운 것도 아니다
오로지 단 하나

하고 싶은 걸 하고 마음껏 자유를 누리며 사는 것
단지 그게 전부였다
직업을 갖지 않는다면 그것도 이해하려 했고 생활비라면 얼마든지 내어줄 수도 있다
딸에게 그렇게 했던 건 딱 한 가지의 결과만을 피하기 위해서였다
하지만 그 한 가지 결과가 자신을 기다리고 있을 줄은 몰랐다
바로 그 딸이 자신과 엇비슷한 나이에 자신과 엇비슷한 선택을 했던 것이다
자신이 너무 가난해서 선택한 엇나간 인생
그걸 자기 딸은 너무 풍족해서 선택한 것이다

도저히 이해할 수 없는 현실
하지만 딸의 모든 걸 이해하며 살고자 했던 아버지가 딱 하나, 결코 이해할 수 없는 딸의 행동을 결국 언제나처럼 이해하며 넘겼다
그 자존감 높은 아버지가 유독 한 사람에게만은 아니었기 때문이다
사랑? 헌신?
그런 거로 비교할 수 있는 게 아니었고
아버지로서의 권위, 의사로서의 프라이드
이런 건 내세운 적도 없다
그 모든 걸 넘어섰더니 단지 바보가 됐다는 것이다
그냥 그거였다
딸에게만은

왜 그렇게 빨리 떠났냐는 그 한마디
그 한마디를 딸에게 하지 않았다
때론 목구멍까지 치솟는 그 말을 끝내 하지 않았다
이 역시 평생 하지 않을 것이다

자신의 품 안에서 온건하게만 자라왔던 딸이 처음으로 해본 일생의 선택이었다
그건 딸의 모든 자존심이라는 것도 모르지 않았다
그걸 건드릴 수는 없었다
그보다 못한 것도 건드린 적이 없다
있을 수도 없는 일이다
그게 아버지가 희민에게 감추는 한 가지였다
그리고 딸 앞에 처음으로 깊숙이 미안해했다
더 잘해주지 못한 것을
내가 너의 아버지라는 것을

이게 어떻게 가능하냐고 설명하라면 그건 불가능하다
그걸 굳이 어떻게든 설명해 보라면, 단지 설명할 수 있는 한 가지는 그건 그냥 그 아버지에 그 딸이었다는 것이다
그러나 이 중엔 희민만큼 어쩌면 더한 성격의 존재가 하나 더 있었다
예림이다
윤주는 희민의 아버지 직업을 알기에 희민 앞에서 의료 파국 사태엔 되도록 강한 어조의 말은 삼갔다
사회생활을 하는 윤주에겐 그런 눈치는 어쩌면 당연하였다
하지만 예림은 아니다
왜 말을 못 하냐는 게 예림의 입장이다
그런 말을 눈치를 보며 못해야 하냐 라는 게 아니라
정말 그게 뭔데 왜 말을 못 하냐고 이해 자체를 못하는 것이다
희민 아버지의 직업을 모르는 게 아니다
희민처럼 환경이 성격을 만든 것도 아니었다
이건 천성이었다
여전히 옥신각신하는 두 사람을 윤주가 애써 말린다

-아, 쫌!
 커피들이나 마셔~
두 사람이 멋쩍어한다
하지만 그것도 잠시 예림이 또 수다를 떤다
-아 근데 영화 재밌을 거 같지 않아?
 되게 기대돼, 악마가 나올까 귀신이 나올까?
 대체 뭐가 나온다는 걸까?
악마라고 자신이 주제를 꺼내고 그걸 또 자신이 영화로 옮긴다
그러잖아도 공포 영화라고 한껏 들떠있는 예림에게 뜬금없이 나온 악마는 마치 메인 요리를 맛보기 전 에피타이저로 입맛을 돋우는 것처럼 더욱 안달 나게 했다
예림에게 최고의 에피타이저가 아닐 수 없다
이 영화도 예림이 보고 싶다고 특히 밀어붙였다
그저 예림에게 딱인 영화였다
나도 워낙 유명하니 궁금하긴 한데 내 취향은 아닐 것 같아
예림은 순수히 재미가 목적이라면 나에겐 내가 저걸 봤다는 것 보다 나도 저걸 봤다고 말할 수 있는 게 목적이니까
나 혼자 소외감을 느끼고 싶지 않아
맞고 틀리고는 관심 없어
언제나 다 같이 하는 집단행동은 틀려도 맞아
그게 정답을 맞힌 것처럼 나에겐 안정감을 주니까
다 같아야 하는 세상에 동질감을 느끼지 못한다면 나의 불안감은 더욱 커질 것 같아

5교시 2:00~
극장

-야, 꼼지락 대지 말고 확 들어가!

-아으, 정말!
예림이 윤주를 몸으로 밀며 좌석의 안쪽으로 보낸다
나도 모르게 굼뜨게 행동했나 봐
별로 내키지 않아서일까?
영화는 시작도 안 했는데 예림인 표정부터 잔뜩 흥분하고 기대해서 검은 스크린을 보며 팝콘을 씹고 벌써 재밌어해
희민인 내 오른쪽에 앉았는데 아예 딴짓 중이야
이상하게 난 벌써 무료하네
이제 곧 영화가 시작할텐데

-얘, 일어나!
 야, 윤주야!
-음,
-일어나라고!
예림이 윤주 팔을 툭 친다
-으음,,
윤주가 부스스 눈 뜨며 잠에서 깬다
-미친년, 여기서 자면 어떡해!
예림이 호들갑이다
-윤주야, 요새 피곤해?
희민인 아예 진심으로 걱정한다
윤주가 겨우 정신을 차리고 주위를 살핀다
영화는 끝나 있고 관객들은 이미 거의 빠져나가 있다
-아으 못 살아, 빨리 가자!
예림이 윤주 팔을 붙잡고 일으켜 서둘러 나간다

극장에서 조금 떨어진 주차장에 올 때까지 10분이 넘도록 예림이 흥분해서 희민을 보고 끊임없이 야부리를 턴다

윤주는 아예 쳐다도 안 본다
영화를 본 듯 만 듯한 희민이 예림의 얘기는 또 홀린 듯 경청한다
차 앞에서 둘은 타지도 않고 계속 얘기한다
윤주가 시동을 걸고 차를 앞으로 빼자 그제야 멈추고 탑승한다
내가 기억하는 건 공포영화라고 미리 겁을 주던 예림이 처음부터 깔깔거리던 웃음소리뿐이야
그 뒤로 기억이 없는 걸 보면 중반이 되기 전부터 잠이 든 건가?

본격적으로 주행하기 전 근처 셀프 주유소에 들른다
윤주가 아직도 수다 중인 둘을 놔두고 차에서 내린다
조수석에 앉은 예림이 살짝 뒤로 몸을 돌려 운전석 뒤에 앉은 희민을 보며 얘기한다
-자 봐, 관이 수직으로 세워져 있었잖아
거기서 드라큘라가 나오는 거야
관 뚜껑이 열리자 팔을 교차해 가슴에 댄 드라큘라가 눈을 뜨면서 이러는 거지
잠들어 있었다,
죽어 있었지,
그게 뭐라고 희민은 경청한다
이쯤 되면 예림이 전업 작가로 전향하지 않는지 그저 의문이다
-그걸 토마토가 말하는 거야!
-토마토라니??
-포도에게 말이야!
-포도는 또 뭐야??
-내가 토마토고 네가 포도야!
얼굴 없는 과일들 말이야!
깔깔깔깔깔,
-아휴,,

희민이 또 한숨이다
왜 작가가 되지 못하는지 그 이유를 알기까진 결코 오래 걸리지 않았다
예림은 자신의 사고를 통제하지 못했다

그 사이, 주유를 끝낸 윤주가 주유건을 제자리에 넣고 주유구를 닫고선 카드와 영수증을 빼어 금액을 확인한다
혁!
윤주가 또 놀란다
매번 결제하고 매번 놀란다
5교시가 허무하게 지나갔다

6교시 4:40~
월미도

복잡한 서울 시내를 빠져나와 고속도로의 합류선으로 진입한다
다시 깜빡이를 켜고 백미러를 통해 차간거리를 재며 서서히 본선 위에 올라간다
뜻하지 않은 낮잠 때문인지 사우나로 인해 좋아진 윤주의 컨디션이 아예 최상이 되어 버렸다
상쾌한 기분에 맑은 정신이 감돌자 안 그래도 잘하는 운전을 더 잘한다
그아아아아아-
가뿐하게 액셀을 밟자 윤주의 검은색 세단이 본격적으로 속도를 내고 미터기가 순식간에 100을 웃돌며 고속도로를 시원하게 질주한다
윤주는 차를 이동 수단이면서 동시에 드라이브를 즐기는 취미로 적극적으로 활용한다

주민등록증을 발급받자마자 일찌감치 면허증을 취득하고 바로 핸들을 잡았기에 운전 실력이 상당하다
그렇게 대략 1시간을 달리자 고속도로의 완전한 끝이 나오며 늘 반가운 인천 시내가 나타난다
고속도로를 빠져나와 다시 시내를 10분가량 더 운전한다

인천역
차이나타운

난 늘 보고 보고 또 봐도 저 예스러워 보이는 인천역의 전경이야
그 반대편에 차이나타운의 거대한 패루가 웅장하게 서 있고
바다가 보고 싶다는 당사자의 바람에 월미도를 온 건데
유부녀들이 당일 동해를 넘기도 남해로 내려가기도 부담이라 결국 만만한 월미도를 선택했지

저녁시간 5:50~

-짜장면!
-여기까지 와서?
윤주가 살짝 의아해한다
짜장면의 시초인 인천에선 어느 곳에서 먹어도 최소 실망은 하지 않기에 인천 출신인 윤주는 줄기차게 먹어온 짜장면을 외지인들이 굳이 차이나타운까지 가는 게 자못 의아하다
물론 인천에도 함정은 있다
중식을 먹고 싶다는 예림의 억척스러운 요구를 끝내 거부 못하고 차이나타운에 들른다
예림이 짜장, 윤주와 희민은 짬뽕을 시키고 탕수육 소자까지 시켜 저녁을 해결한다

식사를 끝내고 월미도까지 바다열차를 타고 가자는 예림의 또 다른 요구를 겨우 묵살하고 차에 탄다

끼룩끼룩
월미도 광장에 가까워질수록 갈매기 소리가 점차 크게 들리며 시원하고 잔잔한 여름 바다 바람이 그녀들을 스친다
셋은 기분이 들떠 그들도 모르게 미소 짓는다
예림이 가게에서 닭새우깡 한 봉지를 냅다 집어 들고 온다
둘이 시집 못 가는 이유가 있다며 놀려댄다
-안가! 안가!
곧 죽어도 못 간다곤 안 한다, 안 가는 거다
곧장 바닷가 난간 근처로 가 예림이 과자 봉지를 뜯어 한 조각을 집고는 던질 준비를 한다
갈매기들이 알아보고 서서히 몰려들며 날아온다
-야, 봐! 옆이 아니라 위에 던지는 거야!
타이밍을 재며 갈매기가 바로 앞에 오자 머리 위로 던진다
그러자 갈매기가 잽싸게 공중제비를 돌며 낚아챈다
-이건 뭐야, 하하!
뜻밖의 공중제비를 구경하자 윤주가 감탄한다
이번엔 손에 들고 가만히 팔을 들어 올린다
커다란 갈매기 한 마리가 펄럭거리며 그녀들 머리 바로 위로 천천히 날아온다
-으악!
겁 많은 희민이 소리친다
예림은 그저 재밌다는 듯 웃는다
갈매기가 야무지게 물어 챈다

-이게 뭐야??

둘 사이에 혼자 앉지 못한 희민이 무언갈 잡고 매우 궁금한 표정으로 아무에게 묻는다
-하는 게 좋을걸,
예림이 의미심장한 미소를 지으며 말한다
-아니, 왜? 다른 자린 없는데 맨 뒷자리만?
연신 궁금해하지만 둘은 그저 벨트를 두른다
희민이 얼결에 앉아 따라서 벨트를 두른다
벨트가 있다는 게 불안했고 그게 맨 뒷자리만 있다는 게 더 불안했고 막상 몸에 둘렀지만 허접하게 느껴지는 게 불안감을 최고조로 증폭시켰다
 지이잉
 덜컥!
안전바가 내려오며 체결된다
-안전바는?
이미 안전바가 내려와 고정됐지만 커버조차 씌워지지 않아 알맹이가 그대로 노출된 알량한 쇠막대가 설마 전부겠냐는 희민의 증폭된 불안감이 안전바를 찾는다
아무도 희민의 물음에 관심이 없다
예림만 계속 웃고 있을 뿐이다
월미도 바이킹 중에서도 특히 재밌는 원조가 있다며 이런 건 귀신같이 알아내어 주도한 예림이다
이쯤 되면 공포를 즐기는 건지 공포에 질린 친구의 모습을 즐기는 건지 분간이 안 된다
어쩌면 자꾸 누구보고 악마라고 하는 예림이 진짜 악마일지도 모른다
 기이이익!!
악명 높은 월미도 바이킹이 서서히 움직인다
-벌써!?

희민의 월미도 바이킹에 대한 의문이 끝이 없다

-끼야!!
바이킹이 꼭대기를 찌르자 희민이 비명 지른다
그리고 바이킹이 다시 내려간다
구우우웅!!
-훠이야!!
예림은 만세를 하며 그저 재밌어한다
윤주는 오히려 입을 꼭 다문 채 심각한 표정으로 눈을 질끈 감는다
반대편 끝까지 올라간 바이킹이 다시 떨어지며 반대편으로 올라간다
구우우웅!!

치익- 치익- 파파파파팟- 턱!!
디스코가 빠르게 돌다 말고 잠시 멈춘다
희민의 독보적인 미모는 여기서도 통하는지 dj가 은근슬쩍 작업을 건다
-누님 저 퇴근 시간 얼마 안 남았는데요, 이따 만남 가능할까요?
낮게 까는 능구렁이 같은 목소리가 마이크에서 살짝 울려 나온다
그러자 예림이 소리친다
-얘 있어!!
-그래요!? 그럼 돌아!!
텅 텅 텅 텅!!
남편이 있다는 건지 애인이 있다는 건지는 몰라도 일단은 있다고 한다
파파파파파파팟!!
다시 최대 출력으로 돌아가자 탑승자 전원이 손에 힘을 꽉 주며

정신을 못 차린다
파파파파파파파팟!! 턱!!
빠르게 돌던 디스코가 예림을 높이 올리며 멈춘다
-왜 있다고 해!! 왜 있다고 해!!
누님은 벌을 받으세요!!
예림을 타깃으로 정한 dj가 집중적으로 펌핑한다
퍽!! 퍽!! 퍽!! 퍽!!
디스코가 들릴 때마다 예림의 몸이 출렁인다
결국 예림이 힘이 빠져 디스코 중앙에 널브러지자 탑승객도 그 앞에서 지켜보는 관람객도 깔깔거린다

-아줌마 저건 뭐예요?
예림이 신기한 듯 무언갈 가리킨다
-의새래, 이번에 새로 나온 인형이야
-의새요? 하하, 별게 다 나오네
그럼 저건요?
이번엔 의새 인형 왼쪽에 있는 정장을 입고 채찍을 들고 서 있는 돼지 인형을 가리킨다
-관리자? 이것도 새로 나온 거야
-관리자요? 채찍 들고?
깔깔깔,
가만히 두 인형을 보던 예림이 의새 인형을 보고 말한다
-나 쟤 눈이 기분 나빠
의료 가운을 입은 하얗고 통통한 의새가 신경질적인 표정으로 예림을 노려보고 있다
화이트 톤의 목제로 전체 인테리어 한 작은 인형 사격장의 테이블 위로 예림이 총을 얹어 상체를 숙이곤 바로 정면에서 마주 보는 의새 인형을 향해 조준한다

-잘해봐,
옆에서 지켜보는 희민이 응원해 준다
예림이 곧 방아쇠를 당긴다
탁!
픽-
총알이 인형의 머리 오른쪽으로 빗나간다
탁!
픽-
이번엔 인형 아래로 빗나간다
잠시 숨을 고르고 신중히 조준하다 다시 방아쇠를 당긴다
탁!
퍽!!
총알이 그대로 관리자 인형을 맞추자 인형이 뒤로 넘어가며 바닥에 떨어진다
-오, 맞췄다!!
윤주가 놀란다
-뭐야??
전혀 의도치 않은 인형을 맞추자 예림이 얼떨떨해한다
아줌마가 인형을 집어 들어 예림에게 건네준다
-아, 귀여워
희민이 웃으며 말한다
-아, 의새 갖고 싶었다고!

그드드드드드드득
거대한 대관람차가 마찰음을 내며 크게 회전한다
-얘들아, 다음은 강화다!?
예림이 보는 곳을 두 사람도 따라서 살짝 기웃거린다
그들이 탑승한 차량이 서서히 꼭대기로 올라가자 탁 트인 서해가

보이며 저 멀리 강화도가 보인다
가는 여름을 아쉬워하며 예림은 강화도로 드라이브를 가고 싶다는 거다
물론 운전은 윤주 몫이다
유부녀인 둘은 선뜻 대답을 못하지만 딱히 싫다고도 안 하는 걸 보면 90%는 확정된 듯싶다
세 사람은 즐거운 하루를 보내고 다시 작은 기대감을 가슴에 품는다
서서히 해가 지는 월미도에 엷은 주홍빛이 내려앉는다

-오늘 완전 최고!
예림이 엄지손가락을 치켜들며 흥분한다
-스트레스 다 풀린 거 같아!
희민도 즐거워한다
월미도를 동네 마실 다니듯 한 윤주는 의아스럽긴 하지만 이들이 좋아하니까 괜스레 뿌듯해한다
윤주의 입가에 만족스러운 미소가 지어진다
할 일 없는 예림이 말한다
-야 다람쥐 보고 갈래? 이 옆 숲에 다람쥐 출몰한다는데?
-그게 퍽이나 등장해 주겠다
윤주가 한마디 한다
평소 햄스터를 키우는 예림이 다람쥐도 관심 있어 한다
-그럼 연리지 보러 갈까?
밑동이 붙은 나무 한 그루가 있대!
거기에 소원 빌면 평생 낭군님 만날 수 있을까?
-그걸 믿어?
저러니 결혼 못 하는 거라니까
좀 현실적으로 생각해, 결혼을 누가 사랑으로 해

-피, 모르지
이번엔 희민이다
예림이 입을 샐쭉한다
둘이 늘 핀잔줘도 속으론 저런 잔정 많은 예림을 좋아한다
그게 여고를 졸업해서도 20년 지기가 될 수 있는 이유다
결국 버거 가게에서 소프트콘을 하나씩 입에 물고 오늘의 일정을 종료하기로 합의 본다

윤주의 차가 월미도를 빠져나와 순식간에 동인천역에 도착한다
예림이 소프트콘의 남은 조각을 입에 던지며 우물거린다
-아, 달다
-5분 후 도착이야 이제 들어가야 해
둘을 급행 시간에 맞춰 내려 주고 윤주가 핸들을 튼다

복잡한 인천 시내를 10분 남짓 달리다 머지않아 마을 입구로 들어선다
오르막을 백 미터가량 쭈욱 오르자 마을 중턱 주택 사이로 붉은 벽돌로 지어진 5층 빌라가 덩그러니 홀로 있다
윤주가 빌라의 텅 빈 경사진 작은 주차장에 주차한다
옆엔 회색 면티에 군청색 면바지를 입은 편안한 옷차림에 뽀글 파마한 통통한 몸집의 누군가가 이미 마중 나와 있다
여유 있게 주차하고 후딱 차에서 내린다
-엄마!
그녀가 손에 쥔 작은 밀폐 용기를 들어 말없이 건넨다
손녀를 위해 함박스테이크를 한가득 재워놓았다
윤주가 건네받아 트렁크에 싣고 둘은 3층으로 올라간다
항상 고맙지
딸도 좋아하지만 나 또한 세상에서 가장 좋아하는 어릴 때부터 먹

어 온 엄마 음식인데 함박스테이크야 얼마든지 사 먹을 수 있지만 엄마가 직접 제조한 맛을 능가한 걸 여태껏 경험해본적 없어
이제야 비로소 고향에 온 것 같아
서울 인천이야 옆 동네지만 인천은 엄연히 지방이고 무엇보다 친정이 있으니까
윤주가 집에 돌아가기 전 마지막으로 빠르게 들른다

7교시 7:50~
친정

현관문을 열고 집 안으로 들어가 익숙하게 커피포트에 물을 올리고 종이컵 두 개를 놓아 커피믹스를 쏟고 잠시 기다린다
곧 물이 끓자 컵에 따라 붓고 티스푼으로 휘휘 저어 거실 중앙에 가져와 놓고는 리모컨을 집어 tv를 켠다
두 사람이 동시에 핫 커피를 들어 호호 불고는 한 모금씩 마신다
소파조차 두기 힘든 작은 집이라 항상 거실 바닥에 앉아 모든 걸 해결하지만 윤주는 불편한 내색 한 번 하지 않는다
이런 소소한 것들이 그저 정겹게 느껴져서다
두 모녀가 커피를 마시며 본격적으로 수다를 떤다
-오늘은 또 무슨 일이야?
-아니, 희민이 생일이라고 월미도 가고 싶다고 하길래 올라가기 전에 들렸지
-그래서 뭐했는데?
-해적질한다고 바이킹 타고, 위로 돌고 옆으로 돌고, 돌고 돌고 돌고 온 김에 똥강아지들 밥도 맥이고
-근데 너 오늘 회사 안 가?
-월차 냈어
-그래도 돼?

-요새 답답하니까
잠깐의 안부를 묻고 두 모녀는 조금은 더 깊은 일상을 얘기한다
-지하 놈이 또 지랄이야, 통장 됐다고 더 설쳐
-아니 그 미친 새끼는 왜 그래?
꼭 동네마다 하나씩 있는 돌아이가 하필이면 같은 빌라 1층 사내였다
몇 칸 되지도 않는 주차장의 한 칸에 파킹 스토퍼를 박고 자신의 전용 주차 구역으로 아예 못을 박아버린 것이다
이번엔 윤주 차례다
-엄마, 우리 동네 사는 그 눈 시커먼 마귀할멈 있잖아
이번엔 젊은 사내하고 말다툼했는데
그땐 멀쩡하다가 집에 돌아가서 갑자기 쓰러졌대!
-어머, 왜?
-그래서 119 불러서 응급실 가서 ct 촬영했다는 거야
근데 아무 문제 없다고 하더래
그래서 그냥 링거만 맞고 나왔단 거야
이거 만약 어떤 진단 나왔으면 젊은 사람 맥일려는 거였겠지?
심지어 다음 날 동네에 멀쩡히 돌아다니더래
누구는 시장에서 그 무거운 두꺼운 이불을 한 손에 들고 오는 것도 봤대
-어머, 세상에
친정에 왔다고 해서 특별한 대화를 나누는 것도 아니다
오히려 시시콜콜한 얘기들이 대부분이다
사실 윤주에게 친정은 1시간이면 닿는 곳이라 종종 부담 없이 다녀가곤 한다
tv는 습관적으로 켜놓은 채 눈길 한번 안 주고 그렇게 한 시간 동안 얘기만 주고받는다

-운전 조심해
-알았어
핸들을 잡고 출발하려는 윤주에게 엄마가 항상 잊지 않고 하는 말을 한다
곧 차가 천천히 미끄러지며 주차장을 빠져나간다
다시 일상으로 돌아가야 한다
돌아가야 할 시간이다
윤주의 7교시가 끝났다

서울

윤주의 차가 고속도로의 출구를 빠져나와 시내로 진입한다
이 시간에도 도로 위의 차들이 극심한 교통 체증을 겪고 있다
한여름에 내리쬐는 열기가 하루 종일 아스팔트를 달궈 밤에도 도로가 후덥지근하며 교통 체증까지 더해져 윤주는 벌써 답답함을 느낀다
분명 에어컨을 풀가동 시켰는데도 이상하게 덥게만 느껴진다
빵!!
-미친놈!
뜬금없는 클랙슨에 윤주가 반사적으로 욕을 한다
이른바 빵 돌리기
내가 먹은 빵을 남에게 먹이는 빵 소리다

한참 시간이 걸려 겨우 한 블럭을 빠져나온다
하지만 또 신호에 걸려 멈춘다
어두운 밤, 알 수 없는 긴 그림자가 더욱 어둡게 윤주의 차를 덮친다
갑자기 주변의 명암이 시커멓게 변하자 윤주는 괜스레 두리번거

린다
-아, 저거
윤주의 시선에 높다란 콘크리트 덩어리 하나가 들어온다
패널에 둘러싸여 한참 공사 중인 것만 같았는데 지금 보니 어느새 완공되어 빌딩이 훤칠하게 서 있다
잠깐 쳐다보다 대수롭지 않은 듯 시선을 돌린다
고층빌딩이 탄생하는 게 이젠 그냥 무덤덤하다
이 건물 말고도 서울에 거주하는 윤주에게 빌딩 공사는 한 블럭 건너마다 보이는 흔함을 넘어 이젠 당연한 일상이기 때문이다
그러고 보니 10년 전보다 빌딩들이 더 높아진 것도 같다
하지만 이 역시도 길게 생각하지 않았다
자본주의 사회에 빌딩들도 경쟁하는 것이라고만 여겼다
또 내심 윤주가 반가워하는 모습이기도 했다
세련된 빌딩의 신축을 자신의 삶과 동일시하며 계속 들어서야만 자신이 서울살이를 통해 같이 발전해 간다는 뿌듯함도 있었다
그게 서울 사람만의 특권이라고도 여겼다

어느덧, 깜깜한 밤의 도시가 되었다
신호등에 파란불이 켜진다
왠지 돌아가기 싫은 윤주가 망설이며 머뭇거리다 이내 액셀을 밟는다
그대로 차가 직진하며 깜깜한 콘크리트 숲 너머로 멀어져 간다
윤주는 오늘 한껏 자유를 누렸다
그리고 분명 다음도 자유를 누릴 것이다
잠깐!
아직 끝난 게 아냐
야간 자율학습이 남았어
오늘은 늦어서 조금만 하고 끝낼 거야

난 언제쯤 이 다람쥐통에서 벗어날까

야간 자율학습 10:00~
초대규모 아파트 단지

윤주의 시야에 멀리 또다시 콘크리트 덩어리가 보인다
순간 뭔지 모를 중압감이 자신의 가슴을 짓누르자 아찔함을 느끼며 숨이 턱하고 막힌다
애써 가슴을 진정시키며 도로를 마저 달려 자신이 거주하는 아파트로 진입해 지하 주차장으로 내려간다

주차를 완료하고 마트에서 구입한 물건 중 일단 박스 하나만 들고 엘리베이터로 걸어간다
곧 엘리베이터가 도착해 탑승하고 26층 버튼을 누르자 문이 닫히며 고층으로 올라간다
엘리베이터에 내려 복도를 보니 문 앞에 택배 박스가 한가득 쌓여 있다
 하,, 이 새끼!
자신도 모르게 속에서 욕이 나온다
딸아이 픽업을 맡겼더니 이렇게 불만을 표출한다
아니, 어쩌면 윤주가 월차를 쓰고 놀러 간다는 그 자체가 싫은 것 같다
왜, 부부싸움 날 것 같아?
아니, 안 해!
설마 이런 거로 하겠어?
물론 많이 했어, 지금도 하고
근데 어느 순간 깨달았어
부부싸움을 백 번이고 천 번이고 만 번을 한들

저 사람은 변하지 않을 거란걸
저 사람 입장에선 나 또한 그렇겠지
언젠가부터 이 현실을 그냥 받아들이기로 했어
그냥 그게 차라리 난 것 같아
김치 식빵 그리고 이것저것 골고루 시켰지
식빵을 왜 시키냐고?
그거 사려고 마트는커녕 편의점 가는 것조차 귀찮아
편의점이 바로 밑에 있긴 한데 그 모든 게 귀찮아
혹시 이 심정 이해돼?
바쁜 아침에 대충 샌드위치 해주면 최고야
김치는 10킬로를 시켰어
당연히 사 먹고
할 줄도 모르고 하고 싶지도 않아
난 김장 지옥에 빠지고 싶은 생각이 추호도 없어
날 김장 지옥에 빠지게 한다면 닥치고 이혼 서류 뽑아올 거야
불과 세 식구지만 김치 소비량이 정말 빨라
반찬 투정 부리면 죽여버리고 싶어
된장찌개 끓여주는 것만 해도 감사하게 생각해야지
실은 그것도 해주기 귀찮지만 히히
사실 밥도 짓기 싫어 키키키키
항상 즉석밥을 박스로 쟁여 놔
없으면 돌리라고
홈베이킹이 유행이라는데 그런 거 할 줄 몰라
관심도 없어
누구는 피자도 집에서 오븐에 구워 먹는다는데
난 할 생각 없어
손에 밀가루 묻힐 생각은 추호도 없어
설마 너희 물 끓여 마시진 않지?

우리 집엔 정수기도 없어
생수 아냐?
과일?
택배로 시키는 거 아냐?
직접 보고 고르는 것도 힘들어
들고 오는 건 더 힘들어
과자?
간식도 택배지
싱크대 한쪽 수납장 전체가 과자야

배송품들을 잽싸게 해치워야 해
난 일단 후다닥 김치를 통에 옮겨 김치냉장고에 넣고 나머지도 정리했어
택배 박스와 부속물들도 펼치고 모아서 후다닥 분리수거장으로 들고 가 종류별로 휙휙휙 정리했지
내가 택배 박스 정리하는 것도 일이라고 한다면 푼수 같아?
주차장에 가서 나머지 물건을 가져오기 전 엘리베이터 앞에 설치된 우체통에 온 게 있나 살펴봐
젠장, 이번 달 관리비 고지서가 꽂혀있어!
난 관리비 고지서만 보면 일단 욕부터 나와
썼으니까 내는 건데 나도 이해가 안 가
각종 고지서가 내 목을 조르는 것만 같아서야
그래서 확 찢어버려
그 찢는 묘한 쾌감이 있다?
자동 납부긴 한데 아무튼 열받고 그래서 찢어
윤주가 관리비 고지서를 집어 납부 금액을 확인한다
혁!
그대로 엘리베이터를 타고 지하 주차장으로 내려간다

콰짓, 콰짓, 콰짓,
짜증 나는 표정을 못 감추고 관리비 고지서를 무려 3번에 걸쳐 찢고선 휴지통에 꾸겨 버리고 거실 소파로 가 앉아 기댄다
-후우,
딸이 안 자, 그리고 심심해하네
근데 난 녹초가 됐어, 휴일이 휴일이 아냐
어쩔 수 없이 게임기를 또 허락해 줬지
사실 너무 일찍부터 게임에 습관들인 거 같아
근데 게임기 아니면 스마트폰이나 컴퓨터였을 거야
나도 내가 잘못한 거 같고 딸한테도 미안한 것도 있고
어쩌겠어, 항상 난 일을 하거나 일하기 위해 쉬거나 둘 중 하난데
쉬고 있을 때 같이 놀아주고 싶지만 내 체력도 수수깡이라 제대로 쉬지 않으면 금방 부러져 버려
이렇게 틈틈이 소파에 앉아 쉬는 게 습관이야
솔직히 이쯤 되니 내 삶의 이유를 모르겠어
일을 하기 위해 태어난 건지, 태어났는데 내가 일을 만드는 건지
하지만 이것마저 생각할 시간 없어
후딱 해치워야 잠잘 시간을 맞출 수 있으니까

또로로롱-
알림이 온다
남편이 야식으로 주문한 치킨이 배달 왔다
반반 치킨 한 마리와 생맥주 1천cc다
검은색 트레이닝복 차림의 풍채 좋은 남편이 현관 앞에 놓인 치킨을 재빠르게 거실로 들고 와 바로 상다리를 펴고 치킨과 맥주 치킨무와 앞접시를 빠르게 세팅한다
세 명이 단숨에 상 앞에 달려든다

남편이 곧장 맥주를 크게 한 컵 따르고 윤주 컵에도 따르자 둘이 바로 컵을 들어 짧게 건배하고는 원샷으로 들이켠다
맥주가 윤주의 목에 시원하게 흘러 들어간다
남편은 3초 만에 잔을 깨끗이 비웠다
그리고 또 스스로 자기 잔에 가득 따르고 닭다리 하나를 집어 들어 크게 한입 빨아먹는다
닭다리가 남편의 입에서 남은 살점이 겨우 붙은 다리뼈가 되어 나오며 순식간에 발골이 완료돼 있다
남편이 입에서 살코기를 우적인다

그이는 무슨 일하냐고?
대기업 사원이야
어디라고 밝히긴 그렇고, 그냥 사무직이라고만 말할게
항상 걱정이야, 언제 짤릴지 모르니
이젠 평생 직장이란 것도 없으니까
난 항상 걱정돼
남편 회사 짤리는 날이 내가 닭 튀기는 날이라고
내가 항상 얘기해
그이도 나도 딱히 재주 같은 게 없어
그럼 치킨집 차려야겠지
근데 둘 다 장사 타입이 못되니 항상 걱정 속에 살아
근데 그거 알아? 동네에서 치킨게임 벌어지는 거?
가만 보고 있으면 살벌해
근데 싸움 구경 불구경이 제일 재밌는 거라고
이런 말 하면 날 어떻게 생각할지 모르겠지만
이상하게 불붙어서 싸우는 거 보면 재밌더라 키키
그래서 동네에 입점하는 점포들 보면 브랜드 안 가리고 살펴봐
이런 거 보면 전문직 남편 둔 여자들이 부럽긴 해

변호사 남편 둔 친구가 있는데 작년에 3억인가 벌었다더라고
그 친구는 하는 일이 돈 쓰는 거야
또 한 명은 행정고시 패스한 남편인데 연봉은 세진 않지만 경제적인 걱정 같은 거 딱히 안 하고 안정적인 생활이 가능한 게 늘 부럽더라
근데 대기업 근무하는 남편 두고 하는 말이면 푼수 같을까
아차차, 내 남편을 이제야 소개하네
나랑 열 살 터울이야, 딱히 의도한 건 아냐

윤주가 대충 몇 조각 집어먹고는 욕실로 들어가 샤워한다
쏟아지는 물줄기 속에 잠시 오늘을 떠올린다
근데 이렇게 오늘 하루 놓고 보니까
꼭 누가 이렇게 살라고 하는 대로 사는 것 같다?
그러라고 한 사람도 없는데 말야
근데 굳이 내가 이걸 말하는 이유가 있어
뭐랄까
난 카운슬링도 받아봤어
근데 카운슬러가 하는 말이 자신한테 계속 카운슬링을 받고 싶으면 지나가는 개한테도 먼저 인사를 건네라더라?

윤주와 카운슬러가 작은 테이블을 가운데 두고 소파에 마주 보고 앉는다
상고머리에 검은테 안경을 끼고 하얀 반팔 와이셔츠에 검은색 정장 바지를 입은 장년의 남성 카운슬러가 처음 보자마자 묘한 미소를 띠며 손으로 살짝 입을 가리고 속삭이듯 말한다
-난 윤주 씨 편이에요
-감사합니다, 제가 부탁드리고 싶은 건 상담이 끝나고 제가 정상 같아 보이면 정상이라고 한 마디만 부탁드릴게요

그렇게 상담이 시작되고 윤주가 카운슬러에게 한참 동안 자신의 얘기를 한다

한참의 시간이 지나고, 도중 카운슬러에게 전화가 온다
-아 잠깐, 일이 아직 안 끝났어
카운슬러가 대충 얼버무리며 통화를 끝낸다
-제가 윤주씨 같은 경험이 있어서 들으면서 공감하는 부분이 컸어요
신경 쓰지 마시고 편하게 계속 말씀하세요
윤주는 뭔가 이상했지만 일단 얘기를 계속한다
카운슬러가 재밌다는 듯 묘한 표정으로 윤주의 이야기를 경청한다
그렇게 또 퇴근도 하지 않고 계속 듣기만 한다
이상했다
퇴근 시간이 한참 지나고 세 번이나 재촉 전화가 왔는데도 카운슬러는 도통 퇴근할 기미가 안보였다
그렇다고 뾰족한 대답을 말하는 것도 없다
카운슬러는 윤주의 얘기를 들을수록 알지 못할 묘한 미소를 종종 띠고만 있었다
그런 미소가 윤주에겐 의미심장하게 느껴졌다

결국 윤주의 얘기를 들을 만큼 들었다고 생각됐는지 카운슬러가 상담을 끝내야 한다고 한다
그러자 윤주가 처음 부탁했던걸 다시 한번 재차 부탁한다
-제가 정상 같아 보이세요?
그럼 정상이라고 한 마디만 해주세요
-아 근데 그게 자칫 무모한 발언일 수도 있으니까요
제가 어떻게 할 수 있는 부분이 아니고 이윤주 씨는 꼭 정신과를

가서 정식으로 진단을 받아 보세요
이렇게 해보세요 마주치는 모든 것에 먼저 인사를 하세요
등산 좋아한다고 하니까 산에 가서 모든 등산객에게 먼저 인사를 하세요
개가 보이면 개한테도 먼저 인사를 하세요

카운슬링 센터를 나와 이 부속기관을 운영하는 대학교 캠퍼스 저 멀리 대형 건물에 조형돼 있는 초대형 십자가를 보며 카운슬러의 미묘했던 웃음만큼이나 묘하게 느껴졌다

너희는 가능해?
난 못 하겠어
이제 그만할 거야
혹시 알아?
내가 날려 보내는 이 이야기들이 대우주의 기운을 받아 다시 나에게로 돌아올지

취침 11:00~

샤워를 끝낸 윤주가 아이보리색 잠옷 차림으로 침대에 쓰러진다
이제 자야 해, 내일 출근하려면 지금 잠들어야 해
오늘도 너무 피곤하다
아침부터 딸 소풍 간다고 도시락 싸야 하고
남편 출장 간다고 옷 다려야 되고
이렇게 그냥 잘 거냐고? 음, 왜?
아, 흠,, 뭘 기대해?
너희가 기대하는 거 내가 다 기대해 보고 싶다
마지막으로 가슴 두근거린 게 언젠지 기억도 안 나네

근데 그러는 부부 있어? 미친 거 아냐? 그런다면 신혼이겠지?

왜 뻔한 휴일 이야기를 하냐고?
평일은 7교시가 전부 근무거든, 근무 얘기라도 들어볼래?
내 평범한 일상 늘 도돌이표 같은 이 일상이 싫어
그렇다고 일탈할 수 있는 용기도 없어, 나도 참 답답한 년이지
이 울타리를 벗어나고 싶다고 간절히 기도하면서도 내가 내 발로 다시 돌아와
참 희한해

아침이 오지 않기를 바라
이대로 영원히 잠들고 싶어
하지만 여지없이 아침이 찾아오겠지?
그럼 난 또 주문을 외우면서 일어날 거야
난 매일 아침 눈을 뜰 때마다 주문을 외워
이 모든 걸 되돌리고 싶다고
그럼 딸아이는 어쩔 거냐고?
딸도 되돌려야지!
근데 난 자기 전에도 주문을 외워
윤주가 마치 악마가 된 것처럼 무서운 표정을 짓는다
-빠킹!! 7교시!!
그렇게 지친 몸을 침대 속에 한참을 뒤척이다 어느 순간 잠에 든다

사랑스러운 윤주의 하루가 저물어간다
치열한 삶을 살아가는 윤주가 행여나 계속 저주를 거는 행동으로 이마나 목덜미에 666이 새겨져 진짜 악마가 되진 않을까 안타까워하며 작은 기운을 먼 곳에서 쏘아준다

언젠가 삶이 평온해지는 시간이 오도록
그래서 더 이상 저주를 걸지 않기를

곰의 영역

숲에서 큰 싸움이 벌어진다는 흉흉한 소문이 돌자 많은 동물이 먼 곳의 얕은 산으로 이사를 갔다
이미 많은 동물이 터를 잡고 살아 숲속 동물들은 산 아래에 터를 잡았다
하루는 하얀 오리 부부와 아들 오리, 다람쥐 연인 여우 사슴이 모여 산을 둘러보기 위해 산속으로 들어갔다

한 편, 이 산의 정상은 평탄하고 황량한 공터인데 그 끝에 거대한 갈색곰이 거주하는 동굴이 있다
곰이 순찰하러 동굴에서 천천히 걸어 나온다
굴 밖으로 나오자 일어서서 하늘을 향해 하울링을 시전한다
-후움, 후아앙!!
후아앙- 후아앙- 후아앙- 후아앙-
하울링이 산 전체에 메아리친다
잠시 후, 떠돌이 늑대 세 마리가 곰 앞으로 달려온다
곰이 앞장서고 무리를 지어 산 아래로 걸어간다

얼마 뒤, 산 중턱 흙길에서 두 무리가 마주친다
뜻밖의 거대한 곰의 출현에 오리 일행이 깜짝 놀라 멈춰 선다
한 무리를 발견한 곰이 늑대들을 놔두고 혼자 천천히 앞으로 걸어가 그들 앞에 멈춘다
-어디서 왔지?
동물들이 얼어붙은 채 아무 말도 못 하고 있다
-어디서 왔지?
곰이 한 번 더 묻는다
그러자 일행 중 맨 앞에 앞장서 걷던 오리가 대답한다
-숲에서 왔어
-왜 왔지?

오리가 대답을 망설인다
-왜 왔지?
곰이 한 번 더 묻는다
-큰 싸움이 벌어진다고 해서
 잠시 피한 거야
-큰 싸움? 나와 사자의 싸움 외에 숲에 큰 싸움이랄게 있나?
 어차피 벌레들 싸움일 텐데
곰이 의아해한다
-왜 여기로 왔지?
오리가 또 대답을 망설인다
-왜 여기로 왔지?
곰이 한 번 더 묻는다
-잠깐, 난 너의 질문에 계속 대답해야 하는 의무는 없어
 이제 그만 길을 비켜주면 좋겠어
-왜 여기로 왔지!!
곰이 고함을 친다
-간단해!! 자유야!!
 우리에겐 어느 곳이든 마음대로 갈 수 있는 자유가 있기 때문이야!!
오리가 지지 않고 맞고함친다

 뻑!!
곰이 오리의 뺨을 후려갈긴다
오리가 뒤로 멀찍이 나동그라지자 동물들이 겁을 먹고 뒤로 물러난다
곰이 오리와 거리를 바짝 붙여 앞발을 들어 오리에게 얹는다
-븅신 같은 새끼
 왜 물었냐면, 간혹 너처럼 개념 없는 놈들이 있어서야

자유?
넌 자유가 뭔지 모르는군, 따라서 지금부터 너를 통제하겠어
법칙은 하나다, 힘이 곧 모든 것이야
그리고 이 산에서 힘을 사용하고 컨트롤하는 건 오로지 나 뿐이다
난 그동안 너무 많은 피를 봐왔어
되도록 내 손에 오물을 묻히고 싶지 않아
바라건대 내 뜻을 이해하면 좋겠군
네가 이 단순한 한 가지 법칙조차 이해 못 한다면
3초야, 3초면 끝나
내 앞발에서 버둥대다 터지는 시간이
말을 마친 곰이 되돌아가자 한 늑대가 오리에게 잽싸게 달려가 쓰러져있는 오리 목을 발로 누른다
오리가 숨 막혀 하며 고통스러워한다
-너를 살려두는 건 네가 내 것이 아니기 때문이야
이 산의 모든 건 주인님 것이야, 너의 육신까지도!
내가 너를 당장 죽이지 않는 이유지
이곳에 너란 존재는 존재하지 않아
넌 이곳에서 단지 오리에 불과해
지금부터 널 나의 시다로 삼겠어
매일같이 심부름해야 할 거야
그렇지 않다면 가만두지 않겠어
네 아내와 네 자식까지 전부 무사하지 않을 거야
주인님의 명령만을 따르지만 여차하면 나도 네 새끼 정돈 제낄 수 있어!
그리고 너희 모두 잘 들어!
이 새끼를 시다로 삼아 본보기를 보여주겠어!
우리의 말을 거역하면 이 새끼처럼 될 거야!

넌 당장 내일 아침부터 내 굴로 찾아 와!
다른 동물들이 겁을 먹고 꼼짝도 하지 않는다
늑대가 뒤돌아 곰에게 달려간다

산 아랫마을
빨간 지붕

펵!!
-깨갱깨갱
검은 워커가 또다시 옆구리에 꽂힌다
퍽!!
-깨갱 깨개갱
검은색 대형 와이마리너가 흙 마당에서 뒹군다
-네가 처먹은 밥값을 하라고!!
이 빌어먹을 개새끼야!!
늙으면 뒤져야 해, 너 같은 쓸모없는 것들 말이야!!
난 적어도 그렇게 생각한다고!!

다음 날
늑대 굴

오리가 산 중턱에 있는 작은 늑대 굴로 찾아갔다
늑대가 누워 쉬다 오리를 보고 벌떡 일어선다
-마침 잘 왔군
-내 가족들은 안 건드리겠다고 약속해 줘
-아 그야 물론이지, 우리가 그렇게까지 야비해 보여?
그건 걱정하지마
자, 난 목이 말라

일단 물부터 떠 와
-그 정도는 네가 혼자 할 수 있잖아
-내가 귀찮게 걸어갔다 와야 해?
젠장, 말귀를 못 알아먹는군!
어제 내가 한 말 기억 안 나?
이곳에선 네가 누군지 무얼 했는지 어디서 왔는지 전혀 중요치 않다고!
그저 넌 한 마리 오리에 불과해!
이해하는 게 좋을 거야
이 물통에 전부 길러야 할 거야
늑대가 양철통을 가리킨다
-그게 하루 종일 걸리는 일이라면 쉬지 말고 하루 종일 하라고!
그래야 주인님께서 비로소 용서해 주실 테니!
가서 떠오라면 떠와!
오리가 철로 만들어진 얇은 손잡이가 있는 작은 물동이를 부리에 물고 굴 밖으로 걸어 나간다
오리가 늑대의 시중을 들기 시작했다

빨간 지붕

삭, 삭, 철컥!!
수염이 덥수룩한 노인이 밀리터리 패턴의 연녹색 군복을 입고 소매를 팔뚝 위로 겹겹이 접어 올려 밑단을 뺀 채 검은색 베레모를 눌러쓰고 검은색 워커를 신고선 샷건을 들고 입사 자세를 취한 채 총기에 얼굴을 바짝 붙여 가늠쇠를 보며 정조준하고 있다
잔뜩 겁을 집어먹은 개가 붉은 벽돌로 지어진 창고의 오래되어 녹슨 커다란 쌍여닫이 철문에 바짝 몸을 붙이고 그대로 굳어있다
-탕!!!!

-깨갱깨갱, 깨개갱 깨갱, 깨개개갱
개가 철문을 타고 미끄러지며 바닥에 정신없이 뒹군다
-껄껄껄, 저 병신같은 개새끼 보소
 이젠 하다 하다 발작까지, 환장하겠군
 오늘도 허탕이야!!
 이게 다 저 머저리 같은 개새끼 때문이라니까!!

일주일 후

이글이글 타오르는 한여름의 뜨거운 태양이 온 산을 사정없이 달군다
-목말라, 목마르다구! 넌 왜 이렇게 행동이 굼떠!
-쉬지 않고 하고 있어, 네가 계속 벌컥벌컥 들이켜잖아
-젠장, 양동이에 물이 전혀 차질 않잖아!
 후아앙- 후아앙- 후아앙- 후아앙-
-응? 부르시는군
 갔다 오겠어, 꾀부리지 말라고!
늑대가 굴 밖으로 달려 나간다

노인이 무릎 꿇고 있다 더욱 몸을 수그리며 손으로 허공을 두세 바퀴 돌리고 자기 귀를 가리키며 나지막이 말한다
-방금 무슨 소리 못 들었어?
-끄흐응,
개가 모른다는 듯 난처한 표정을 한다
-너한테 물어본 내가 등신이지
 됐고, 집중하라고!
손을 휘저으며 앞을 가리킨다
무언갈 뚜렷이 응시한 채 등에 멘 커다란 군용 백을 조심스레 풀

어 옆에 놓는다
-다운!
노인이 명령어를 시전한다
그러자 개가 몸을 바짝 엎드린다
-고 슬로우!
개가 수풀 사이로 천천히 기어간다
-고 슬로우!
계속 천천히 기어간다
-캄 다운, 앤 레디 투 바이트!
개가 숨죽여 타깃을 노려본다
-캄 다운, 캄 다운 보이,,
개가 잔뜩 긴장한다
-히트!
파바바박-
개가 수풀에서 뛰쳐나가 타깃을 향해 정신없이 뛴다
놀란 토끼가 전력 질주하며 도망친다
파바바밧-
타다다닷- 파바바바밧-
서로가 잠시 쫓고 쫓긴다
곧 토끼가 멀찍이 달아나며 개가 포기하고 멈춰 선다
노인이 혀를 차며 일어난다
-쉿!! 유 스튜피드 비취!!

개가 잔뜩 풀이 죽어 돌아오자 노인이 망설임 없이 걷어찬다
퍽!!
-깨개갱
워커가 옆구리에 꽂히자 흙바닥에 뒹군다
-그냥 뒤져라, 그냥 뒤지라니까

마을에 너 같은 개가 없어
방금 그건 토끼였어!!
단순히 하얗고 작은 토끼말이야!!
누가 보면 멧돼지 사냥이라도 시킨 줄 알겠어!!
늙었으면 그냥 뒤지라고!!
퍽!!
-깨개개갱 깨갱 깨앵 깽
개가 정신없이 뒹군다
-방금 성공했으면 네게도 휴식을 주려 했어!!
고생했다고 생각하면서!!
근데 네가 대체 하는 게 뭔데!!
너에게 왜 휴식을 줘야 하냐고!!
이렇게 처놀기만 하는 씨발 개새끼한테!!
퍽!!
-깨개개개갱 깨개개갱 깨갱 깨개개갱 깨갱
-집사람한테 할 말이 없어!! 난 집사람한테 할 말이 없단 말이야!!
왜 날 이렇게 만들어!!
이번엔 개의 머리를 찬다
퍽!!
-깨애애애액 애애애액 깨개애애액
개가 미친 듯이 구르다 제자리에서 경기를 일으킨다
-하아,,
노인이 뒤돌아 허리에 손을 올리고 한숨 쉰다

어느 정도 흥분이 가라앉자 노인이 아까 상황을 상기한다
-대체 그 소린 뭘까?
아무래도 대형 같단 말이야
벌써 몇 번째라고

안되겠어, 설치는 해보자고
손해 볼 것도 없잖아
백을 열어젖혀 물건을 조심스레 계속 꺼내 바닥에 둔다
-이게 정말 대형이라면 한 방에 죽일 수 있는 게 필요해
설령, 그게 사람이라고 할지라도 내 영역을 침범한 대가를 받아야 할 거야
낚싯줄을 쥔 채 노인이 일어서서 계산한다
-이쪽이 수풀이고 이쪽이 폭 좁은 길이니 여길 지나갈 수밖에 없겠지
그리고 자기 가슴에 팔을 갖다 대고 긋는 시늉을 한다
-대형이라는 가정하에 높이는 이 정도면 될 테고
노인이 주위를 둘러본다
-이 나무가 좋겠군
대충 계산을 끝낸 노인이 바로 옆 나무로 가 나무줄기에 낚싯줄을 둘러 묶고 반대편 나무로 가 팽팽하게 잡아당겨 똑같이 묶는다
대충 선 작업을 끝내고 이번엔 트랩을 작동시킬 위치에 미니 사다리를 펼치고 1m 길이의 쇠막대 끝에 삼각형으로 세 개의 쇠꼬챙이가 부착된 스피어를 부여잡고 설치할 나뭇가지로 사다리를 밟고 올라간다
이건 스피어 트랩으로 인계선을 멋모르고 밀고 간다거나 호기심에 잡아당기기라도 하면 스피어를 살짝 고정해 놓은 연결된 줄이 젖혀지며 원을 그리고 하강해 대상에게 그대로 내리꽂는 메커니즘으로 피폭자는 일격에 치명상 또는 즉사까지도 가능한 전통 방식의 트랩이다

개가 넋이 나가 아직도 멍하니 누워있다
트랩에 위장막을 치고 작업을 끝낸 노인이 사다리에서 내려오고 고함을 친다

-미련한 개새끼,, 이제 그만 처일어나라고!!
 무덤도 하나 만들까!!
노인의 고함에 개가 겨우 정신을 차린다
그 순간, 개의 시선에 허공으로 날아가는 무언가가 포착된다

일주일 후

-저 새낀 뭐야?
다른 늑대 한 마리가 놀러 왔다
둘이 바위에 앉아 쉬고 있다
-뭐긴 뭐야, 물동이지
오리가 헐떡이며 물동이의 손잡이를 부리에 물고 힘겹게 굴로 걸어 들어온다
-야, 쉬어
-뭐야!?
-야, 놓고 쉬어
-뭐냐고, 새끼야!
-바깥 날씨를 봐, 애 죽겠어!
-간섭하지 마, 산의 질서를 위한 거니까!
-질서 같은 소린 너 따위가 하는 게 아냐
 그 말은 오로지 주인님만이 할 수 있는 거야
 너,, 혹시 주인님을 제낄 생각을 하는 건-
-무슨 헛소리야!! 이딴 소리 할 거면 당장 꺼져!!
오리가 물동이를 입에 물고 멀뚱히 서 있다
-야, 두고 쉬라고! 오늘은 그만 돌아가!
-닥치지 못해!!

노인이 한쪽 무릎을 꿇고 앉아 바닥에 희미한 무언가를 보고 있다

-뜬금없는 함성도 그렇고 이 녀석이 누군지 윤곽이 드러나는 것 같은데
보라고, 또 똑같은 자국이야
암만 봐도 곰 발자국 같단 말이지,,
근데 이 작은 산에 곰이 있을 리 없단 말이야
어깨에 메고 온 군용 백을 내려놓고 열어젖혀 무언가를 꺼내 바닥에 놓는다
그때 옆에 있는 개가 짖는다
-월! 월!
-뭐야!
-월! 월!
-하,, 이 븅신 같은 개새끼! 갔다 와!!
개가 어디론가 뛰어간다
노인이 다시 작업에 집중한다
-혹시 알아? 진짜 곰이 걸릴지 누가 알아
그럼 집사람한테 잃어버린 점수, 한방에 딸 수 있어
아예 곰 트랩을 준비한 노인이 바닥에 설치한다
이건 곰 트랩으로 직경 50cm의 맞물리는 뾰족한 이를 가진 원형 틀에 가운데 발판을 두어 압력을 받으면 찰나에 접히는 메커니즘으로 피폭자는 발목에 치명상을 입고 발이 묶여 도망가지 못해 포획되거나 심각한 경우 다리가 절단되는 기본적인 트랩이다

-촵 촵 촵 촵, 꿀꺽
개가 작은 호수에 얼굴을 대고 물을 마신다
갈증이 심한지 거듭해서 마신다
-촵 촵 촵 촵, 꿀꺽
어느 정도 해갈되자 만족스럽게 혀를 내두르며 고개를 치켜든다
그때, 개의 눈이 커지며 시야에 무언가 잡힌다

오리가 호수 반대편에서 물동이에 물을 기른다
물을 길은 후 오리가 뒤돌아 걸어가는데 갑자기 개가 나타나 마주 친다
-이것 봐, 너 지금 뭐 하는 거야
오리가 물동이를 내려놓고 말한다
-응? 누구야!
-너 지금 뭐 하는 거냐고 물었어
-네가 상관할 일이 아냐!
오리가 다시 길을 가려 한다
-잠깐, 너 지금 늑대 시중들고 있는 거 아냐?
오리가 흠칫하며 개를 쳐다본다
-널 본 적 있어, 알 것 같더군
이곳에선 곰이 왕이야
곰의 말을 거역하면 다 너같이 되지
지금 옆에서 보니 꼴이 말이 아니군
-뭣? 상관하지 마!
오리가 다시 가려 한다
-잠깐!
내 말 좀 들어봐, 널 화나게 하려는 게 아냐
알려줄 게 있어
너처럼 시중들던 녀석들의 말로가 어떻게 됐는지
네가 그렇게 고분고분 굴면 곰이 널 용서해 줄 거라 생각해?
천만에, 이용만 당하다 나중에 하나같이 찢기더군
난 그런 경우를 많이 봤어, 이제 너도 머지않아 그렇게 될 거야
가지고 놀다 지루해질 때쯤 처리하더군
넌 그저 녀석들에게 장난감에 불과해
-어쩌라고!
-이봐, 화내지마

난 저쪽 아랫마을에 살아, 사냥꾼 집이지
그곳에 총들이 있어
그중, 대물잡이 장총이 있지
그걸 사용한다면 곰을 단박에 즉사시킬 수 있어
필요하다면 네게 줄 수 있어
-하지만 그건!
-이봐! 네가 지금 그런 걸 따질 때가 아냐!
네가 곰을 제거하지 않으면 곰이 너를 제거할 거야
시간이 얼마 남지 않았어, 되도록 빨리 결정하는 게 좋을 거야
-하지만 난 총을 들고 올 정도의 힘이 없어
-그것도 내가 도와줄 수 있어, 여기까지 옮겨 줄 수 있지
-나한테 바라는 게 뭐야?
-단순한 거야, 난 마을에서 태어났어
사냥개지
사냥을 하러 다니면서 너 같은 야생동물을 많이 봤어
그들의 야생에 대한 생존 기술은 정말 뛰어나더군
너희가 다 같이 모이면 이곳에 성도 지을 수 있을 거야
물론 나 역시 사냥에 대한 기술은 있어
하지만 인간들의 손에 너무나도 오랜 시간 길들여졌지
야생에서 혼자 살아가라면 난 이제 할 수 없어
게다가 난 늙고 병들었지, 창고 앞에 누워 집 지키는 개에 불과해
그렇지만 나로선 도저히 불가능한 걸 너희는 순식간에 해낼 수 있어
네가 묶여있는 존재란걸 알아, 나도 마찬가지야
우리가 새롭게 태어나기 위해 우리는 누군가를 죽여야 한다는 공통 사항이 있어
그게 해결되면 우린 자유를 찾게 될 거야!
-네가 총을 쓰기 싫으니까 나한테 떠넘기는 거 아냐?

-이봐, 너와 나 둘 중에 지금 누가 더 아쉽지?
난 그냥 참고 살면 돼, 하지만 넌 죽은 목숨이야
걸어 다니는 시체라고!
거기다 넌 네 아내와 자식도 있는 거로 알고 있는데?
-그래도 굳이 왜 산속에서 해결하려는 건데!
-난 지금 눈총받는 신세야, 마을에서 시끄럽게 굴고 싶지 않아
먼 곳에서 아무도 모르게 처리하고 싶어
-아냐! 넌 나한테 네 골칫거리를 떠밀려는 거야
지금 얘긴 못 들은 거로 하겠어
-그래? 아쉽군
정 그렇다면 어쩔 수 없지, 하지만 만약 마음이 바뀐다면 언제든 아랫마을 빨간 지붕으로 날 찾아와
몇 개 있지도 않은 곳에 빨간 지붕은 우리 집뿐이야, 쉽게 찾을 수 있을 거야
그리고 그 시간은 최대한 빠를수록 좋을 거야
다른 누구도 아닌 널 위해서
그때, 휘파람 소리가 들린다
휘유 휘-
-이런, 날 부르고 있어! 이만 가봐야겠어!
결정을 서두르라고!
개가 뒤돌아서 달려간다

오리가 늑대 굴로 들어간다
-왜 이렇게 늦어, 설마 딴짓하는 건 아니겠지?
오리가 물동이를 내려놓는다
-그럴 리가
-명심해, 네가 딴짓하는 순간 넌 끝이라는걸
-아냐, 네 말 잘 들을 거야

-그래그래, 그래야지 크크
 넌 우리 장난감이니까, 크크크크
오리가 흠칫하며 놀라 쳐다본다
-뭘 그리 멀뚱히 쳐다보는 거야? 가서 하던 거나 마저 하라고!

오리가 호숫가로 날아가다 무언가 발견한다
아들 오리가 물동이에 주섬주섬 물을 기르고 있다
오리가 아들 옆으로 내려앉는다
-여기서 뭐 해?
뜻밖에 아빠 오리가 나타나자 아들 오리가 머뭇거리며 대답을 회피한다
-여기서 뭐 하냐니까?
-물 기르고 있어요,
-어째서? 우리 집은 물통도 없는데
여전히 아들 오리가 우물쭈물하며 망설이자 재차 묻는다
-너 여기서 뭐 하냐니까!

오리가 물도 뜨지 않고 늑대 굴로 돌아갔다
-내 가족은 건드리지 않겠다고 했잖아!
-뭐야!
-왜 내 아들을 심부름시키는 거야!
-네 아들? 아, 내가 시킨 거 아냐
 말했잖아, 난 야비하진 않다고
 내 형제가 시킨 거야
-내가 하고 있잖아! 내 아들은 왜 건드려!
-근데 이 자식이!! 얻다 대고 소릴 쳐!!
 어디 오리 새끼가 건방지게 대드는 거야!!
 버러지는 버러지고 버러지 새끼도 버러지일 뿐이야!!

이곳에서 살게 해주는 것만으로도 감사하게 생각해야지!!
말했잖아!! 넌 그냥 오리라고!! 아직도 정신 못 차려!!
아아 됐다, 됐다 됐어,
이 새끼도 슬슬 지겨워지는군, 그거나 놓고 얼른 꺼져!!

오리가 친구들을 모아 설득한다
-내가 전부 책임질게!
네가 꾀 좀 부려줘
친구들 반응이 시원찮다
-그러다 보복당할 거야
여우가 말한다
다람쥐도 맞장구친다
-맞아, 우린 힘이 없어
그러자 오리가 다시 말한다
-총을 사용할 거야
-!?
친구들이 놀란 눈으로 오리를 본다
-오리야 그건!
사슴이 당황한다
-알아! 하지만 어쩔 수 없어!
이 일을 해결해야만 해!
산속엔 곰 새끼가 지랄이고 산 밖엔 노친네가 지랄이야!
다시 말하지만 총을 사용하는 책임은 전부 내가 지겠어!
딱 한 번만 도와줘!
이 산에 자유를 위해!
오리가 금기를 넘어서려 한다

오리가 멀리 날아간다

그리고 어느 집 마당으로 내려간다
창고를 지키고 있는 개에게 오리가 뭐라고 중얼거린다
그러자 개가 창고 뒤편으로 오리를 데려가더니 작은 개구멍으로 같이 들어간다
창고 벽에 걸린 기다란 장총을 한 자루 꺼내 꽉 조여진 멜빵 사이로 개가 몸을 비집어 등에 바짝 둘러멘다

여우가 꾀를 부려 산속 동물들을 설득해 순식간에 땅굴을 팠다
사슴이 수풀로 엮어진 뚜껑을 물고 땅굴을 덮어 은폐시킨다
함정 앞에서 여우가 개에게 설명한다
-요구대로 함정 앞에 돌무더기도 쌓고 수풀도 세웠어
-고맙군
-이게 무너질 걸 모르는 닭대가리들은 의외로 많아
여우가 설명을 끝내고 사라진다
함정을 확인한 개가 곰의 동굴 앞으로 걸어간다
이건 허방다리 트랩으로 땅굴을 깊게 파내 위장 뚜껑을 밟으면 무너지며 아래에 갇히는 단순한 메커니즘으로 인류 역사의 시작부터 출현한 원조 트랩이다
동굴 앞에 삼각대를 펴 바닥에 고정된 장총을 두고 긴장해 서 있는 오리 옆으로 개가 다가간다
-곰이 곧 도착할 거야
녀석의 어느 부위에 맞추더라도 단박에 즉사시킬 거야
하지만 만약을 위해 한 알 더 장전했으니 총 두 번의 기회가 있어
그거면 충분할 거야
난 이제 내려가서 사냥꾼을 유인할게, 이제 준비해!

순찰을 마친 곰이 동굴로 복귀한다
자신의 동굴 앞에 보이는 뜻밖의 상황에 곰이 멈춰 선다

-너, 꽤 위험한 물건을 가지고 있군
 그 물건을 본 적 있어, 많이 봤지
 하지만 그걸 갖고 설치는 놈들치고 순탄한 녀석은 본 적 없어
-넌 내 가족을 건들였어!
-그래서?
 내가 너한테 사과라도 해야 하나?
 내가 너한테 설명이라도 해야 해?
 착각하는군, 팔푼이들이 총만 들면 무적이나 된 것처럼 구는군
 이래서 내가 총 들고 설치는 것들을 혐오해
 오히려 내가 너에게 마지막 자비를 베풀겠어
 난 너의 총에 수그릴 생각도, 피할 생각도 없어
 천천히 네 앞으로 걸어갈 거야
 내가 갈 때까지 그걸 내려놓고 용서를 구하고 원위치한다면 목숨만은 살려주지
곰이 천천히 걸어간다
오리가 한쪽 날개로 총을 잡고 다른 날개로 방아쇠를 당긴다
 쾅!!!!
-후웁!!
곰이 옆구리에 총을 맞았다
곰이 잠시 경직되어 서 있다가 다시 천천히 앞으로 걸어간다
오리가 놀라 눈이 휘둥그레진다
곰이 아랑곳하지 않고 피를 흘리며 계속 걸어간다
오리가 고개를 흔들며 정신을 차리고 또다시 격발한다
 쾅!!!!
-후욱!!
곰이 또다시 경직되며 꼼짝 못 하고 서 있다
오리 또한 경직되어 곰을 보고 있다
-후우우,,

곰이 심호흡을 길게 한다
그리고 다시 천천히 걸어간다
오리가 공포에 질려 멍하니 서 있다
곰이 오리 가까이 다가간다
빡!!
오리가 귀싸대기를 후려 맞고 땅바닥에 나동그라진다
오리가 눈까지 경직된 채 미동조차 없다
오리의 몸을 곰이 앞발로 지그시 누른다
-죽기 전에 들어, 말했지 3초라고
세어 봐
꾹,
-터져
퍽!!
-덧없어,
오리의 피와 장기가 곰의 앞발에 잔뜩 묻는다
-지저분한 놈
오리가 오리라고 자각했다면 딱히 화를 입지도 않았을 것을
오늘은 이 주제로 사색해야겠어
곰의 복부에서 피가 연거푸 흘러나온다
곰이 일어서서 산이 떠나가라 냅다 함성을 지른다
-크아아앙!!
크아아앙- 크아아앙- 크아아앙- 크아아앙-
산 전체에 곰의 함성이 메아리친다
그리고 동굴로 들어가 널찍한 바위에 앉아 숨을 고른다

잠시 후 늑대가 들어온다
-무슨 일로,,?
말을 하던 중 피범벅이 된 모습을 보고 멈칫한다

-빨리 불러! 빨리!
늑대가 후다닥 동굴 밖으로 뛰어나간다

악어새가 의료 박스를 목에 걸고 날아와 곰 옆의 바위 위로 내려 앉는다
-의새는? 난 널 부른 게 아니야, 의새를 불렀을 텐데?
-그게,, 지금 의새들은 파업 중이라,,
-파업이라니?
-지금 의새 안 하겠다고,,
-뭐야? 에휴,, 한심한 놈들
-걱정 마시죠, 저도 이 정도는 충분히 치료할 수 있으니,,
-근데 네가 어떻게 의술을 익혔지?
-전에 한번 의새를 만났거든요
-그래? 의새들 중에서 그 사자의 대가리를 된통 깨뜨렸다는 녀석 말인가? 그럼 네가 그 쫓겨났다는??
-어떻게..?
-그 녀석 무용담이 여기까지 돌더군
안 그래도 사자한테 한따까리 하려던 참이라 나야 잘됐지만
사자 그놈도 어지간히 한심한 놈이군
한낱 의새 따위한테 밟히다니
-그게,, 만 마리였다더군요,
-만 마리든 억 마리든 벌레가 모여봤자 벌레지
벌레한테 밟힌다는 것도 처음 듣는군
그런 놈이 왕이었다니 내가 다 수치스럽군
근데 의술을 전수받을 정도면 사이좋았던 거 아닌가??
어쩌다 쫓겨난 거지??
-남의 자리 넘보지 말라더군요, 정신 차리라면서
-자리라니?? 악어 입속말인가??

그렇다면 찌꺼기 파먹는 자리 아닌가??
-네,, 부끄럽지만 그렇습죠,,
-돌겠군,, 찌꺼기를 두고도 신경전을 펼치며 치열하게 경쟁하는 삶들이 있었군
한편으론 나 자신을 돌아보게 하는군
-히히,
-허나 아무리 그래도 네가 의새가 되고 의새가 악어새가 되어 역할을 뒤바꾸는 변태 짓을 할 정도로 찌꺼기가 그리 중요했나??
-먹고 사는 게 바쁘다 보니,,
-그래 그럼 의새는 지금 어떻게 됐지?
-사자님께서 짓눌러 터뜨렸다고,
-터뜨렸다고?? 이젠 흉내까지 내는군
안되겠군, 몸이 낫는 대로 숲으로 복귀해서 사자고 악어고 전부 이 미련한 것들을 정리해야겠군
이러니 숲에 질서가 없는 거야
장로님의 중재 때문에 내가 그냥 이곳으로 물러났지만
사자 그 녀석이 그따구밖에 못 하면 내가 돌아가야겠지
-근데 그게 백사자님이 요새 숲에 출몰하신다는 소문이,
-뭐? 백사자가?
젠장 그렇다면 별수 없군, 좀 더 짱박혀 있어야겠어
그래서 갑자기 이 산에 다른 녀석들이 몰려든 거였군
근데 굳이 넌 의새가 돼서 떠돌아야만 했나
넌 악어에게 돌아가면 될 텐데
-제가 모시던 악어님께서 치아가 전부 갈리셨다고
음식을 제대로 씹지 못해 너희가 필요 없다 하셔서
-그래? 환장하겠군
멀쩡한 숲이 어쩌다 개판이 됐지, 악마 같은 벌레였군
그나저나 쫓겨나서 이렇게 살고 있었군

-하하핫,, 불러주시면 그냥 감사합죠,
곰이 악어새의 집도하에 수술을 마치고 복부에 붕대를 감았다

개가 펄쩍펄쩍 뛴다
-월! 월!
-이 새끼가 갑자기 왜 이러지?
-월! 월!
-흐음,,
노인이 앉아서 개를 잠시 쳐다본다
-이 새끼 냄새 맡았나 본데?
 다 늙어서 냄새도 못 맡는 줄 알았는데, 확실한 거지?
노인이 창고로 간다
벽에 걸린 총을 고르는 와중에 빈자리 한 곳이 보인다
-총 한 자루가 어디 갔지
 젠장!
 넌 사냥은커녕 창고도 똑바로 못 지키냐!!
 가서 없으면 이제 넌 뒈진 목숨이야!!
-월! 월!
-그나저나 이런 못난 개새끼가 대체 어떻게 우리 집에 온 거야??

-저기야?
-월! 월!
산꼭대기로 개가 노인을 인도한다
멀리 곰의 모습이 동굴 속에 희미하게 보인다
-오,, 보인다,
 진짜였군,
 네가 왠일이야, 대단해!
 황량한 꼭대긴 생각도 못 했는데, 정상에 숨어들었을 줄이야!

개가 좀 더 앞으로 걸어가 은신할 수 있는 적당한 곳으로 가서 또 짖는다
-월! 월!
-오, 그래 그래
 딱 좋군, 은신처까지 더없이 기가 막히군
 너 정말 오늘 왠일이야?
 내가 곰을 잡는 날이 다 올 줄이야!
노인이 흥분해서 어깨에 멘 장총을 풀어 양손에 부여잡고 돌무더기 근처로 뛰어간다
 팍!!
-어?
 콰지지직!!
-으억!!
 퍽!!
노인이 구덩이 아래로 떨어져 쓰러진다
개가 구덩이 쪽으로 고개를 내민다
-저 씨발 늙은 개새끼!!
-월!!
-내가 네 새끼를 쪼그맸을 때부터 키웠는데!!
-월!!
노인이 아픈 것도 잊고 옆에 널브러진 총을 잡고 벌떡 일어나 개에게 겨눈다
-죽어!!
 쾅!!!!
개가 살짝 피하며 노인을 보고 다시 짖는다
-월!!
뜬금없는 총소리에 곰이 반응한다
-응?? 뭐지 방금?? 들어본 소린데??

-죽어 이 개새끼야!!
 쾅!!!!
개가 살짝 피하며 다시 짖는다
-월!! 월!!
노인이 그저 기가 막힌 듯 멍하니 개를 쳐다본다
개가 흥분해서 이리저리 팔짝팔짝 뛰며 짖는다
-월!! 월!! 월!!
-이건 분명히 총소린데??
 이 새끼가 감히 나를 잡겠다고 여기까지!!
곰이 동굴 밖으로 뛰어가 일어서서 곧장 함성을 지른다
-후읍, 후아아앙!!
 후아아앙- 후아아앙- 후아아앙- 후아아앙-
다시 개에게 총을 겨누던 노인이 우뚝 멈춘다
-이건,, 이런 좆같은,, 씨발,,
 이 새끼,, 날 알고 있었어!
 한데 왜 이제야!?
개가 그런 노인을 쳐다본다
-월!! 월!! 월!! 월!! 월!! 월!! 월!!
크게 짖어대고는 몸을 돌려 산을 빠르게 달려 내려간다
곰이 중얼거린다
-오늘 무슨 날인가? 왜 이러지?
 그토록 손에 피 묻히지 않으려 했건만
 이러면 이 산에 자숙하러 들어온 의미가 없어!
 마치 나에겐 피할 수 없는 운명 같은 것인가
 하늘이 내 뜻을 몰라주는군 무심도 하지
그러다 급하게 흥분한다
-왜!! 어째서!!
 하나 되지 못하는가!

서로 죽고 죽여야만 하는가!
피를 보려 하는 자가 피를 본다는 것을 왜 모르는가!!
답답하다!
정 원한다면 결판을 내주지
하지만 그건 늘 그렇듯 일방적인 구타가 될 거야
하아,,
곰이 하늘을 올려본다

3일 후

마당 가운데 갈색 복고풍 원피스 갈색 단화에 하얀 허리 앞치마를 두르고 올림머리를 한 노년의 부인이 서 있다
-이 미친 노인이 사냥에 빠져 집을 내팽개친 게 벌써 몇 번째야!
3일을 집을 비워?
그러다 창고 앞에 누워 졸고 있는 개가 문득 눈에 들어온다
개를 보고 무언가 생각하더니 집 안으로 들어가 어딘가 전화를 건다
띠리리리리- 띠리리리리-
덜컥,
-네,
-아, 우리 집에 개 한 마리 있는데 얼마 받으시나요?
-보통 크기와 나이에 따라 달라요
직접 보고 말씀드리는 게 정확하죠
-아 그러세요, 한번 보실래요
나이는 좀 있는데 덩치는 커요
사냥개거든요
-늙은 개는 안 받아요
-그럼 그냥 드릴 테니 가져가시면 안 될까요?

처리하기도 곤란해서
조금 더 통화하다 전화를 끊는다
-저 개가 온 뒤로 염병할 노친네가 사냥에 빠져서 이렇게 된 거야! 늙으면 뒤져야 해!

4일 후

흰색 런닝 차림에 검은색 청바지 검은색 구두를 신고 검은색 재킷을 어깨에 걸친 꽁지머리를 한 중년 사내가 어딘가로 전화를 건다
띠리리리리- 띠리리리리-
철컥,
-여보세요
-혹시 요전에 저에게 사냥개 양도하셨던 부인이신가요?
-네, 그런데요?
-아, 다름이 아니라 제가 그 개 때문에 뜻밖에 곰 한 마리를 잡았거든요
우리 가게에 온 뒤로 계속 짖어대길래,,
사냥개는 짖는 거부터 다르거든요
혹시나 해서 따라가 봤더니 저를 곰 앞으로 데려가더군요
처음엔 횡재다 싶어 뭐 이런 영리한 개가 다 있지 해서 짖을 때마다 기대하면서 따라갔는데 그다음부턴 갈 때마다 저를 트랩이 설치된 곳으로 데려가더군요
한번은 스피어 트랩이고 한번은 곰 트랩인데 방심했다간 큰일 날 뻔했습니다
근데, 혹시 부인 남편이 있지 않으신가요?
-네? 아 왜요?
-아 사실 이것 때문에 전화드린 겁니다
곰 소굴 근처에서 웬 구덩이에 빠진 시체를 보았는데 저처럼 곰

사냥 중에 트랩에 낚인 것 같았거든요
얼굴이 너무 심하게 훼손돼서 구별이 불가능한데 아무리 봐도 사냥꾼 같은데 사냥개가 절 그곳으로 데려갔으니 그 개 주인 아닌가 싶더라구요
지인들에게 연락해서 알아보았습니다
마침 검은 개를 데리고 다니는 노인을 안다고 하는 사람이 있더군요
사냥꾼 풀이 좁아서 금방 알 수 있거든요
아무래도 부인 남편분 같아 알려드려야 할 것 같아서요
-아,, 네,,
-아, 그런데 부인
혹시 남편분 시체를 직접 확인하실 건가요?
-네? 왜요?
-그게,, 시체 훼손이 너무 심하게 되어 있어서,,
직접 눈으로 확인한다면,, 많이 놀라실 거 같아서요,,
신체가 할퀴고 물려서 찢어지고 우그러졌어요,,
거기다 전부 분해되어 있어서,,
그렇게 할 수 있는 건 곰밖엔 없는데,,
제 생각엔 수거 인력을 따로 부르는 게 나을 것 같아요
-음,,
-제가 그런 일을 겪다 보니 그 개가 너무 재수 없어서 양념이나 바르려고 털을 전부 밀었는데 목덜미에 666이라고 찍혀 있더라구요
혹시 그게 개 이름인가요?
그걸 보니까 도저히 먹지도 못하겠고, 제가 야산에서 그냥 정리했습니다
아니 불길하게 왜 666이라고 적으
철컥,

-여보세요? 듣고 계세요?
 아니 왜 666이라고!
부인이 무표정하게 가만히 서 있다
-여보세요!!
 내 앞으로 창이 날라왔다고!!
 당신 남편이 설치한 트랩일 거야!!
 그 씨발 개새끼가 나를 그곳으로 유인했다고!!
 젠장!! 난 사냥꾼이야!!
 뚜뚜뚜뚜뚜뚜-
 철컥!!
사냥꾼이 거칠게 수화기를 꽂는다
황급히 어깨에 걸쳐있는 재킷을 입으며 창고로 뛰어간다
-빌어먹을!!
 저것들이 이 지역으로 오고부터 내 친구들이 죽어갔어!!
 활기 넘치던 마을이 유령 마을처럼 고요해졌다고!!
벽에 걸린 샷건을 꺼내며 다이 위에 뒹구는 탄알을 집어 급하게 장전한다
 삭! 삭! 찰칵!!

창고에서 무장을 하고 나온 사냥꾼이 잠시 심호흡하며 긴장을 푼다
-후움,
그리고 목에 걸린 나무 십자가를 잡고 입을 맞춘다
 쪽,
-주여, 부디 제게 저 악마들을 쓸어버릴 수 있는 힘을 주소서!
기도하고 준비된 듯 마당에 있는 투박한 구형 검은색 픽업트럭에 올라타 시동을 건다
 끼릭, 끌끌끌끌끌끌끌끌- 끌끌끌끌끌끌끌끌-

끌끌끌끌끌끌끌끌끌- 끌끌끌끌끌끌끌끌끌-
한 번 더 눈을 감고 잠시 마음의 안정을 찾는다
끌끌끌끌끌끌끌끌끌- 끌끌끌끌끌끌끌끌끌-
끌끌끌끌끌끌끌끌끌- 끌끌끌끌끌끌끌끌끌-
정말 각오 된 듯 눈을 뜨고 중립에 있던 기어 스틱을 1단으로 제치고 반 클러치를 밟고 액셀을 밟아 핸들을 꺾으며 출발한다

산꼭대기 곰의 동굴 앞에 떠돌이 늑대들이 모여 멀리 산 아랫마을을 본다
-드디어 미련한 곰 새끼한테 벗어났군
-음!? 너 설마 진짜 주인님을 제끼려 했던-
-아냐 아냐, 그러게 내가 저 새끼를 제끼자 할 때 진즉 그랬으면 이렇게 뒤지진 않았을 거 아냐
-음,, 그것도 일리는 있군
-난 저렇게 똑똑한 인간 주인님 한번 모시고 싶었다고
-둘 다 닥쳐! 우리에겐 주인님을 선택할 권한이 없어!
주인님의 선택을 받을 뿐이야!
그저 충실한 몸종이 되면 그걸로 족하다고!
자 빨리 가자, 기대된다
우릴 부르고 계셔!
새로운 주인님이야!
늑대들이 마을을 향해 산을 뛰어 내려간다

부인이 알 수 없는 미소를 짓는다

가난한 의새

어느 숲속 마을에 하얀 가운을 입은 작고 하얀 의새가 살고 있었어요
그리고 이 숲속 마을은 대체로 평화로웠답니다

하루는 의새가 나뭇가지에 누워 편히 쉬고 있었어요
그러다 다람쥐 한 마리가 눈에 보였어요
다람쥐는 열심히 땅을 파고 입안에 가득 찬 먹이를 땅속에 묻어두고 사라졌답니다

그걸 본 의새는 생각했어요
저 다람쥐가 숨긴 먹이를 파낸다면 앞으로 놀고먹는 게 가능할 것 같았어요
그때부터 다람쥐만 보면 쫓아다니며 먹이를 약탈했어요
그리고 그걸 다른 동물들에게 팔아치웠어요
의새는 금세 부자가 되었고 너무너무 기뻤어요

그러다 숲속 동물들이 이 사실을 알게 되고 이곳의 왕 사자에게 일러바쳤답니다
사자는 즉시 여러 동물과 의새를 불러 모았어요
-의새는 더 이상 친구들의 먹이를 강탈하지 마
 너의 작은 체구에 어울리는 만큼으로 만족하길 바라
그러자 의새가 따졌어요
-어차피 다람쥐는 머리가 나빠서 숨긴 먹이를 못 찾아요!
 썩게 될 바에야 제가 조금 먹는 것이 그렇게도 잘못됐나요!
다시 사자가 말했어요
-다람쥐가 숨긴 먹이는 나중에 싹을 틔워 이 숲을 풍요롭게 해주는 거야
 그런데 네가 숨긴 먹이는 너도 다 먹지 못하잖아

 넌 왜 그렇게 욕심이 많아
 지금부터는 더 이상 탐내지 마

사자의 경고에 의새는 기분이 상했어요
하지만 한번 겪어본 탐닉의 기쁨을 멈추기가 힘들었죠
그래서 악어를 찾아가기로 했어요
늘 가만히 앉아 악어의 이빨에 낀 먹이를 날로 먹는 악어새가 부러워지기 시작한 거죠
악어를 찾아가 이렇게 말했어요
-이봐 악어야, 난 의새지만 치새도 될 수 있어!
 나에게 너의 입안을 허락해 주면 너의 치아를 고쳐줄게!
악어가 치아를 고쳐준다는 말에 혹해 의새를 받아들였어요
그리고 의새는 악어새 옆에서 같이 악어의 치아에 낀 먹이를 먹기 시작했어요

의새에겐 너무 행복한 순간이었어요
아무 힘들이지 않고도 먹이가 늘 넘쳤으니까요
그러자 뒤틀린 의새의 심보는 같이 있던 악어새를 쫓아냈어요
그러곤 닥치는 대로 악어의 이빨까지 갉아 먹었어요

그렇게 며칠이 지나자 악어는 이상했어요
이빨이 갈수록 아파진 거죠
악어는 의새의 소행이라 여기고 의새를 믿었던 자신이 한심했어요
그리고 의새를 불러 말했어요
-악어새와 난 공생관계였어, 넌 이기적인 녀석이야
 더 이상 너에게 내 입안을 허락하지 않을 거야
이 말을 들은 의새는 어쩔 수 없이 악어를 떠났어요

배가 고픈 의새는 이번엔 꽃밭의 벌새를 보았어요
벌새가 빨아먹는 꽃의 꿀이 탐스러워 보였던 거죠
그러자 닥치는 대로 꽃에 올라타 짓누르며 꽃 속에 머리를 박고 빨아먹었어요
그렇게 이꽃 저꽃 날아다니며 마구잡이로 꽃을 빨았어요
그러다 한껏 배가 부르면 아무 곳에서나 드러누워 쉬었죠

그 모습을 본 꽃이 의새에게 말했어요
-이것봐 의새야, 넌 벌새처럼 왜 쉬지 않고 날지 않니?
그러자 의새가 대답했어요
-잠깐만, 하루 종일 어떻게 일해?
 과로할 수는 없잖아! 일과 휴식의 배분이 필요한 거야!
꽃이 다시 말했어요
-너의 말도 맞아, 하지만 우린 지금이 중요해
 지금 바삐 움직이지 않으면 우린 모두 시들거든
 그래서 벌새가 필요한거야
 네가 벌새처럼 할 수 없다면 우린 너에게 꿀을 줄 수 없어
그러곤 꽃봉오리를 오므리며 닫았어요

실망한 의새는 기운이 안 났어요
하지만 쉽게 얻는 행동에 재미 들인 의새는 멈출 수 없었죠
그래서 이번엔 뻐꾸기 둥지를 찾아갔어요
자신과 덩치가 비슷한 아기 뻐꾸기를 흉내 내며 어미가 물어오는 먹이를 날로 먹기 시작했어요
이보다 더 행복할 수 없었어요
이번에야말로 성공이라고 생각했죠

그렇게 시간이 흘렀어요
그러자 뜻밖의 일이 벌어졌어요
한숨 자고 있던 의새가 쿵 소리와 함께 놀라 눈을 떴어요
자신은 둥지에서 떨어져 바닥에 찧어 있었는데 알고 보니 아기 뻐꾸기가 덩치가 커지자 자신을 둥지 밖으로 밀어버린 거죠
덩치 큰 아기 뻐꾸기에게 대항할 수 없다고 여기고 그곳도 떠나버렸어요

의새는 화가 나기 시작했어요
이 모든 게 자신을 쫓아낸 사자 때문이라고 생각했죠
복수를 다짐했어요
그리고 곧장 다른 마을의 의새들을 불러 설득했어요
만 마리의 의새가 들판에 모였어요
의새가 그 가운데 높이 날아 말했어요
-얘들아, 언제까지 사자 눈치 보고 살래??
우리가 뭉치면 사자도 이길 수 있어!
그리고 숲속의 모든 걸 빼앗자!!
의새들은 어리둥절했지만 결국 합심하기로 했어요

의새는 사자에게 결투를 신청했고 들판 한가운데서 싸움이 시작됐어요
의새들이 전부 하얀 가운을 바닥에 벗어던지고 일제히 날아올라 사자를 둘러싸며 비행했어요
만 마리 새들이 하늘 끝까지 올라갔어요
사자는 겉으론 괜찮은 척 했지만 만 마리 새에게 포위되어 내심 무서웠어요
의새들은 영리하게 정면공격은 하지 않고 등 뒤와 꼬리를 부리로 쪼아가며 공격했어요

사자는 앞발로 허우적댔지만 그걸 맞는 의새는 없었죠
점점 사자의 등이 파이며 출혈이 생겼어요
의새들은 집요하게도 상흔이 보이는 곳을 집중적으로 공격했어요
사자는 피가 스며 나오자 걷잡을 수 없이 흥분했어요
거칠게 앞발을 휘둘렀고 의새들이 툭툭 처맞고는 나동그라졌어요
그걸 본 의새들이 혼란해지며 마구잡이로 날았어요
의새는 이렇게 되면 지겠다는 생각에 큰 소리로 외쳤어요
-단일대오!!
흐트러지지 마!!
이 전투가 끝날 때까지 함께해야 해!!
단일대오를 유지해!!
그러자 다시 의새들이 전열을 가다듬었어요
하지만 화가 난 사자에게 계속 쓰러져나갔죠
의새는 생각했어요
이대로 가면 우리가 질 거야
녀석이 앞을 못 보도록 눈을 찔러야겠어!
악어의 입속도 들어갔어!
네 녀석 눈 찌르는 게 대수겠어!
사자가 싸움에 정신없는 틈을 타 곧장 사자의 눈을 향해 날아갔어요
팍!
-으악!!
사자가 한쪽 눈을 부여잡고 비명을 질렀어요
의새들이 사자 앞에서 빙빙 돌았어요
사자가 허우적거려요
다시 의새들이 빙빙 돌았어요
또 허우적거려요
사자가 앞을 바로 볼 수 없다는 걸 알자 의새들이 의기양양해져

사자 주변을 휘저으며 날았어요
사자가 잔뜩 겁을 집어먹자 눈앞이 새하얘졌어요
그러자 사자가 눈을 질끈 감았어요
그걸 본 의새들이 앞다투어 달려들었어요
사자의 몸에 의새들이 잔뜩 들러붙어 하얗게 덩어리가 졌어요
의새들이 사자의 몸 여기저기를 정신없이 쪼아 물며 살갗을 뜯었어요
사자가 고통스러워하며 전의를 상실하고 고개를 떨궜어요
사자가 마지막을 준비했어요
그때, 무언가 떠올랐어요

아기 사자가 아기 멧돼지가 달려오자 눈앞이 하얘지며 겁을 먹곤 질끈 눈을 감았어요
쿵!
데굴!
또 들이받혔어요
아기 멧돼지가 아기 사자를 들이받고 멀리 도망갔어요
아기 사자가 두 눈을 꼭 감고 바닥에 뒹굴었어요
무서워서 눈도 못 뜨고 그대로 잔뜩 웅크리고 있어요
옆에서 지켜보던 엄마가 다가가 흔들어 깨웠어요
-이제 그만 눈을 뜨렴
그래도 아기 사자는 무서워서 눈을 감고 그대로 있어요
엄마가 한 번 더 흔들어 깨웠어요
-어서 눈을 뜨거라
아기 사자가 조심스레 눈을 떴어요
앞에 엄마가 보였어요
-엄마! 멧돼지는?
-달아났어

-왜 자꾸 나한테 이런 거 시켜!
아기 사자가 화를 내며 엄마한테 대들었어요
-이제 곧 너 혼자 사냥해야 해
-싫어! 엄마가 해주면 되잖아!
-엄마가 언제까지 해줄 수 없어
-엄마 어디 갈 건데?
-항상 네 옆에 있지만 혼자 사냥할 줄 알아야 해
-사냥을 안 하면?
-그럼 반대로 사냥을 당하지
-어째서? 난 사자인데?
-사자를 노리고 달려드는 새로운 사자들이 항상 주변에 있지
너의 머리 위에 올라서려고 할 거야
그래서 두려워도 항상 눈을 감으면 안 돼
눈을 뜨고 항상 앞을 보렴
그리고 떳떳하게 행동해야 해

어? 저 녀석 이상한데?
멀리서 사자를 본 의새가 알아챘어요
저 녀석 움직이지 않는데?
낄낄, 녀석 끝났군!
문득 꽃에 올라타 짓누르던 쾌감을 사자에게 느끼고 싶었어요
의새가 곧장 사자에게로 날아갔어요
사자가 감긴 눈을 조심스레 떴어요
멀리서 무언가 날아오는 게 희미하게 보였어요
의새가 사자에게 점점 가까워졌지만 사자는 모른 척 기다렸어요
그러다 사자가 눈을 번쩍 뜨고 냅다 뛰어올라 의새를 물었어요
사자는 씹지도 않고 의새를 통째로 삼켰어요
꿀꺽!

의새가 사자의 식도를 타고 그대로 위 속으로 빨려 들어갔어요
이걸 본 수많은 의새가 하나같이 달아났어요
의새는 사자 위 속에서 발버둥을 쳤어요
하지만 위액이 빠르게 분비되고 곧 의새는 끈적해지며 몸이 서서히 곧아져 갔어요
사자는 배가 아팠어요
의새의 몸부림이 얼마나 거친지 위경련이 일었거든요
그러나 의새는 잠식되어 가며 움직임이 빠르게 둔화하여 갔어요
사자의 복통은 금세 나아졌답니다
그렇게 거친 전투를 마친 사자가 나무 밑을 찾아 피곤한 몸을 가누지 못하고 잠들었어요

대략 한 달이 지났어요
숲속은 다시금 평화로웠고 안정됐어요
사자도 좋았어요
별일 없는 숲속 생활이 아늑하기까지 했죠
사자가 들판을 여유롭게 거닐었어요
그러다 갑자기 등이 땅기듯이 아파졌어요
의새와의 싸움에 생긴 등의 상처가 제때 치료받지 않아 커다란 염증으로 변했거든요
별거 아닌 상처가 악성으로 변해버린 줄 몰랐어요
사자는 순간 떠올렸어요
의새!
하지만 의새는 더 이상 찾을 수 없었어요
사자가 집어삼켰거든요

곰의 영역

뜨거운 여름,
뜨겁게 내리쬐는 뙤약볕에 결국 산에 산불이 크게 났어요

산이 홀랑 타버리자 많은 동물이 못 버티고 보금자리를 떠나 옆 산으로 이사를 갔어요
새로운 보금자리를 틀고 다시 새롭게 살아가기로 다짐했어요

다람쥐 연인이 모처럼 먹이를 구하기 위해 숲속으로 걸어갔어요
그러던 와중, 길 한복판에 커다란 곰이 나타나더니 그들 앞에 일어서서 가로막았어요
-못 지나가!
-왜!
여자 친구 다람쥐가 따졌어요
-여긴 내 영역이거든
-여긴 모두의 숲인데!
-그건 아는데 내 허락을 맡아야만 이용할 수 있는 숲이야
-어떻게 하라고!
-통행료를 내
-우린 이사 온 지 얼마 안 돼, 먹이를 구해서 돈을 벌면 그때 낼게
-아니야 틀렸어, 지금 내도록 해
-지금은 돈이 없어, 돈을 먼저 벌어야 하는데?
-그건 네 사정이야, 내 알 바 아니야 관심 없어
 돈부터 내도록 해
돈이 없는 다람쥐 연인은 어쩔 수 없이 숲으로 들어가지 못하고 되돌아갔어요

며칠 후

이번엔 아빠 엄마 아들, 오리 가족이 호수를 찾아 숲속으로 걸어갔어요
그러자 또 곰이 나타났어요
-못 지나가!
아빠 오리가 물었어요
-왜?
-여긴 내 영역이야
-그럼?
-통행료를 내
-돈? 우린 산불이 나서 가진 게 전부 불탔어
-네 사정이야, 어떻게든 돈부터 내도록 해
돈이 없는 오리 가족이 숲으로 못 들어가고 되돌아갔어요

며칠 후

여우가 숲속에 소풍을 나갔어요
그러자 이번에도 어김없이 곰이 나타나 또 여우를 가로막으며 말했어요
-못 지나가!
-응? 어째서?
-여긴 내 영역이니까
-원하는 게 뭔데?
-돈이야, 돈을 내도록 해
-난 돈이 없어
-돈이 없다면 내가 꿔 줄 수도 있어
 하지만 한 달에 한 번씩 빌려 간 돈의 절반을 이자로 내야 해
-하,, 소풍도 못 해?
-내 먹이들이고 내 풀밭이고 내 나무들이야

여기 모든 게 내 것이야, 내 산이야
못 해!
여우가 어쩔 수 없이 되돌아갔어요

여우가 짜증이 났어요
먹이도 못 구해, 소풍도 못 가, 물도 마음껏 못 마셔
어쩌란 거지?
그러다 여우가 꾀를 냈어요

여우가 숲속 동물들을 한자리에 불렀어요
-나 혼자선 곰을 못 이겨
하지만 우리가 힘을 합하면 곰을 이길 수 있어
난 꾀를 낼게
너희는 너희 각자의 역할에 충실하면 돼

여우는 꾀를 담당했어요
다람쥐들은 덮개를 만들기로 했어요
오리는 망을 보기로 했어요
다른 동물들은 땅을 파기로 했어요

오리가 강가에서 망을 보며 곰이 강에 연어 사냥을 나간 걸 확인했어요
곰은 한여름, 오랜만에 돌아온 연어떼를 보자 환호를 지르며 강으로 뛰어들었어요
-신난다! 모처럼 만의 사냥이다! 손맛 최고!
정신없이 연어를 잡았어요
잡고 잡고 또 잡았어요
그리고 껍질만 달랑 벗겨 먹고 휙 하고 버렸어요

그래도 연어가 넘쳐났으니까요
곰은 마냥 행복했어요
너무 신나서 물장구까지 치며 놀았어요
-여기 다 내 거야!

오리가 산꼭대기 곰의 동굴 앞으로 날아가 함정을 꾸미고 있는 동물들에게 상황을 알리고 강가로 되돌아갔어요
그 사이, 동물들이 땅을 마구마구 파기 시작했어요
다람쥐들이 작은 나뭇잎과 나뭇조각을 물어와 서로 이었어요

어느덧, 곰이 연어를 배불리 먹고 동굴로 되돌아가고 있어요
오리가 날아와 또 상황을 알렸어요
-곰이 오고 있어! 서둘러야 해!

깊게 판 구덩이 위에 수풀로 엮은 뚜껑을 사슴이 물고 덮었어요
드디어 함정이 완성됐어요
멀리서 곰이 보금자리로 돌아오고 있어요
모두가 함정 앞에 서서 준비했어요
곰이 가까이 왔어요
그러자 모두 다 같이 외쳤어요
-못 지나가!
-응?
또 외쳤어요
-못 지나가!
-왜?
-여긴 지금부터 우리 땅 하기로 했거든!
-너희들 미쳤니?
여우가 대답했어요

-아니! 멀쩡해!
-어쩌라고?
-돈을 내!
-돈?
-그래! 돈!
-내가 돈이 어딨어?
-우리한테 가져간 돈 있잖아!
-그거? 그 푼 돈이 아직도 남아있을 거로 생각해?
 너희한테 코 묻은 돈 받아서 부자라도 됐을까 봐?
 이 거지들아!
-없어? 그럼 우리가 꿔 줄게
 대신 한 달 후에 빌려 간 돈의 절반을 이자로 내야 해!
-이것들이 정말 미쳤나!
-네가 돈을 내지 않으면 우린 다른 걸 가져갈 거야!
여우가 앞에 덮어놓은 천을 펼치자 곰이 사냥해 놓은 순록이 있어요
-앗! 내 고기!
-네가 돈을 내지 않으면 우린 이걸 가져가서 맛있게 먹을 거야!
-보자 보자 하니까! 너희를 보호해 주고 지켜주고 다 같이 살아가
 자는 내 뜻을 어기고 까분다고?
곰이 화가 치밀어 동물들에게 달려갔어요

 콰자작!!
-억!?
 쿵!!
곰이 어리둥절해서 연신 고개를 갸웃거리며 둘러봤어요
-뭐야 무슨 짓을 한 거야!?
동물들이 조심스레 구덩이로 다가가 곰을 봤어요

곰이 허우적대며 동물들을 보고 말했어요
-어서 꺼내!! 날 어서 꺼내라고!!
여우가 말했어요
-돈 내!
-돈? 진짜 미쳤군! 내가 여기서 나가면 너희를 가만 안 둘 거야!
-그래? 그럼 알아서 잘 나와
 우린 그만 갈 테니까
-잠깐! 잠깐만! 돈 줄게! 얼마면 돼! 달라는 대로 줄게!
 어서 꺼내 줘!!
-사실 돈은 필요 없어, 잘 있어 우린 그만 갈 거야
-기다려!! 날 여기 두고 가지 마!!
 돈 줄게!! 다 줄게!! 그냥 다 줄게!!
 날 두고 가지 마!!
동물들이 돌아갔어요

오리가 멀리 날아갔어요
그리고 어느 집에 내려가 누군가에게 말했어요
-월! 월!
개가 흥분하며 짖었어요
그러자 집안에서 군복 차림에 낡은 갈색 가죽 재킷을 걸친 노인이 걸어 나왔어요
-음? 왜 이래? 왜 이렇게 짖는 거야?
개가 연신 빙빙 돌며 노인을 보고 계속 짖었어요
-월! 월!
-음?
개를 가만히 보던 노인이 뭔가 알아챈 듯 창고로 갔어요
창고에서 엽총을 메고 권총을 차고 탄창집을 옆구리에 부착했어요

노인이 준비를 끝내고 마당으로 나왔어요
-월! 월!
-신나? 하긴 모처럼 만의 사냥이니 흐흐
 손맛 좀 볼까? 잠깐 내 가죽 재킷, 왜 이리 낡았지?
 곰이나 한 마리 잡아서 가죽을 벗겨 재킷 한 벌 만들었으면 좋겠군
숲속을 향해 개가 앞장서고 노인이 뒤따라 집을 나섰어요

-라고 짜잔~ 이 모든 이야기를 마칠게
흰색 런닝에 연갈색 반바지를 입고 검은 뿔테 안경을 낀 둥글둥글한 체격의 젊은 남성이 소파에 앉아 책을 덮는다
그리고 책을 자신의 왼편에 두고 오른편에 놔둔 검은 비닐봉지에서 무언가를 꺼낸다
퇴근하며 잠깐 마트에 들러 구매한 작은 연어회 접시를 바로 앞에 놓인 미니 테이블에 올린다
-이게 바로 알래스카 연어야
 아직도 싱싱해, 아주 맛있을 거야
-곰 주거야?
-응? 곰이라니?
 아냐 아냐, 이건 단지 동화 속 얘기야
 하아, 너 이래서 의사 될 수 있겠어?
아빠의 표정이 굳는다
바가지 머리에 푸른색 내복 차림으로 앞에 서서 이야기를 듣던 어린 아들이 살짝 뒤로 몸을 돌려 손가락으로 반듯하게 누워있는 커다랗고 하얀 곰 인형을 가리킨다
-응??
 아아, 그래 곰 줘야지
 곰 줄 거야 하하,

그제야 굳은 표정이 풀리며 멋쩍게 웃는다
아들이 아빠 표정을 살피다 잽싸게 곰 인형 옆으로 가 바닥에 놓인 미니 의사 가운을 걸쳐 입고 장난감 청진기를 챙겨 귀에 꽂고는 청진판을 곰의 배에 갖다 댄다
-여기가 아파? 저기가 아파?
아들이 갓난아기 시절부터 항상 곁에서 든든하게 지켜주던 곰
그 곰을 아들은 아픈 곰이라고 부른다
세월이 흘러 처음의 단단했던 앉은 형태가 많이 뭉그러져 허리 부분이 휘어 누워버린 형태로 변한 것이다
이제 곰 인형은 일어서지 못하고 매일같이 누워있다
그걸 본 욕심 많은 아빠가 아들이 의사가 되길 바라는 마음에 어려서부터 의학에 익숙해지도록 아픈 곰 인형을 두고 의사 놀이를 할 수 있게 챙겨준 의사 놀이 세트였다
아들이 곰 인형을 진료하는 모습을 보자 아빠 미소까지 지으며 만족스러워한다
곰의 배에 청진판을 여기저기 갖다 대며 진료하던 아들이 아빠의 온화해진 표정을 보자 마음을 놓는다
그 순간, 아들의 목덜미에 작게 붉은색으로 666이 새겨지며 눈동자가 새빨개지고 급히 얼굴이 창백해져 작은 소리로 말한다
-이빨을 갈아버릴까, 배를 갈라버릴까,
그러면서 청진판을 세워 곰 인형의 배를 가르는 시늉을 한다
-네가 빨리 뒤져야 아빠가 게임기를 사줄 텐데
 요샌 다들 그런다더라고, 그래야 큰돈 번대
 아빠가 나보고 계속 되라고 하는 거 말이야
그때, 아빠가 아들을 향해 말한다
-빨리 와, 일단 이것 좀 먹어
아들의 얼굴이 금세 원래대로 돌아와서 아빠를 보고 대답한다
-네,

그리고 다시 곰 인형을 보고 말한다
-걔네들처럼

긴 글 읽어주셔서 대단히 감사합니다.

잔혹한 의새 - 의사 가운 에디션
2024년 08월 23일 **발행**
구본석 **지음**
apple **출판사**
ISBN 979-11-988569-0-6

값 14400 원

03810

9 791198 856906

ISBN 979-11-988569-0-6